U0063587

本書附贈電子資源，請掃描二維碼或登錄網站查看 jpchinese.org/ibshuyu2。

DP

中文 A 課程
文學術語手冊

Chinese A
Booklet of Literary Terms

董寧 編著

第二版
繁體版

視覺形象設計	靳劉高創意策略	
責任編輯	尚小萌　席若菲	
書籍設計	孫素玲　道　轍	

書　　名	DP 中文 A 課程文學術語手冊（第二版）（繁體版） *DP Chinese A Booklet of Literary Terms (2ⁿᵈ Edition) (Traditional Character Version)*
編　　著	董寧
插　　圖	禹圖楠
出　　版	三聯書店（香港）有限公司 香港北角英皇道 499 號北角工業大廈 20 樓 Joint Publishing (H.K.) Co., Ltd. 20/F., North Point Industrial Building, 499 King's Road, North Point, Hong Kong
香港發行	香港聯合書刊物流有限公司 香港新界荃灣德士古道 220-248 號 16 樓
印　　刷	美雅印刷製本有限公司 香港九龍觀塘榮業街 6 號 4 樓 A 室
版　　次	2017 年 2 月香港第一版第一次印刷 2024 年 2 月香港第二版第一次印刷
規　　格	大 32 開（140 × 210 mm）320 面
國際書號	ISBN 978-962-04-5406-6

© 2017, 2024 Joint Publishing (H.K.) Co., Ltd.

Published & Printed in Hong Kong, China

封面圖片 © 站酷海洛

All rights reserved. No part of this book may be reproduced, stored in a retrieval system, or transmitted, in any form or by any means, electronic, mechanical, photocopying, recording or otherwise, without prior permission in writing from the publisher. E-mail: publish@jointpublishing.com

This work has been developed independently and is not endorsed by the International Baccalaureate Organization.

目錄

第二部分　散文賞評常用術語

第三部分　小說賞評常用術語

附錄

索引

　　這本文學術語手冊是為滿足 IBDP 中文 A 文學課程以及語言與文學課程考生的需要而編寫的。

　　眾所周知，無論是閱讀理解文學作品，還是分析評論文學作品都需要掌握相應的文學術語。文學及語言與文學課程的考生在完成作品評論寫作、作品比較分析、口頭文學評論以及論文寫作各項評估時，都離不開對文學術語的準確理解和靈活應用。

　　然而，由於中學階段尚未開設文學理論課，中學生沒有機會對文學術語進行系統學習。此外，文學隨時代發展而不斷變化，新術語大量湧現，舊有術語的內涵與用法亦與時俱進，也為文學術語的學習帶來一定困難。鑒於市面上鮮有適合中學生使用的文學術語工具書，作者根據自己的文學知識和多年的教學經驗，為 IB 學生量身定製了這本術語手冊。

本書的特點

　　1. 編選刪繁就簡：從眾多的術語中仔細篩選，選出閱讀中必須理解的、考題中反覆或可能出現的、評論寫作中經常使用的文學術語近百條，再進一步去掉常見的，精選出 66 條文學術語。這些術語的選擇，符合 IB 課程的前瞻性和挑戰性，旨在滿足考生關注理解不斷發展的文學現象的需要。

2. 注重析詞釋義：設立 "詞語本義" 與 "術語解釋" 欄目，從字詞的本義入手，在解釋基本詞義的基礎上，闡釋每個文學術語的特定意思及使用要求。這樣安排，符合中學生的認知理解方式，旨在增加考生語言文學的基礎知識，培養考生對字詞義的準確理解和掌握能力。

3. 範例豐富恰當：在每一條術語後設 "用法舉隅" 欄目，選擇廣為人知的名家名篇和歷年考卷作品進行分析，提供應用術語的示範樣板。這樣安排，旨在化難為易，幫助考生加深理解，學以致用。這當是本術語手冊的精華所在。

4. 備考指導明確：作者綜合考察了自從 2013 年、2019 年兩次新大綱實行以來的考題考卷，歸納出考題要求與術語內容之間的相互關聯，在 "備考點睛" 欄目中提供完成評估的指導意見。其中，對論文寫作也有相應的提示建議。這樣安排，旨在幫助考生運用所學術語順利完成課程規定的各項評估任務。

5. 查閱使用方便：本書在目錄編排上，斟酌再三、精心規劃。66 條文學術語適用於各類文學作品，本無法嚴格區分，但考慮到考生在不同學習階段使用不同文體作品的需要，作者根據術語的常用程度劃分為詩詞、散文、小說三個部分，旨在方便考生查閱。

6. 中英文相對照：每個術語名稱均附英文釋義，可為中英雙語學生對照理解提供方便。

7. 配套資源豐富：本書附設網上資源服務。讀者可以掃描封面的二維碼或登錄網站（www.jpchinese.org/ibshuyu2）進入本書網上資源庫。從中不但可以查看更多的術語用法舉隅範例，還可以獲取 "備考點睛" 欄目隨著 IB 考題考卷的更新而增加補充的新內容。

綜上，此書無意成為一本大而全的文學術語詞典，而是一本專門針對 IBDP 中文 A 課程考生學習應試的實用手冊。

本書的使用者

1. IBDP 中文 A 文學及語言與文學課程的考生：本書是 DP 考生學習應試的有效工具，旨在幫助 DP 考生順利完成各項評估任務。

2. IBMYP 文學與語言課程 4—5 年級的師生：本書是銜接 MYP 語言與文學課程和 DP 文學及語言與文學課程的有效工具。老師可以以此作為補充訓練教材在 MYP 階段增加學生語言文學的基礎知識。考生可以以此作為文學作品閱讀理解和賞析的參考材料，還可以以此作為文學評論寫作的演練模板，為未來 DP 課程的學習打好基礎。

第一部分

詩詞賞評常用術語

01. 意象
Imagery

02. 意境
Artistic conception

03. 錯綜
Intricate

04. 互文
Intertextuality

05. 複沓
Refrain

06. 戲擬
Parody

07. 雙關
Pun

08. 含混
Ambiguity

09. 反詰
Ask (in retort)

10. 畸聯
Association (with
unpredictable concepts)

11. 象徵
Symbol

12. 誇張變形
Exaggerated distortion

13. 通感變形
Synaesthesia deformation

14. 超常搭配
Unusual diction

15. 化虛為實
Translate inexplicit meaning into
explicit

16. 張力
Tension

17. 陌生化
De-familiarisation

18. 反覆
Repetition

19. 母題
Motif

意象
Imagery

詞語本義

　　"意" 指人的內心思想、意念、情感。"象" 是形象、樣子的意思，指物體展現出來的外在形式、樣貌。意象，就是主觀的 "意" 和客觀的 "象" 的結合，指作品中融入了作者情感的藝術形象。

術語解釋

　　意象是中國古代文學理論中的一個重要概念。"意" 是主觀抽象的情感意念，需要藉助 "象" 來表達。"象" 是客觀的物與景，寄託了作者的情思。詩人創作詩歌時先 "意"後 "象"，根據內心的情思找到對應的形象。作者寓 "意" 於

"象"，讀者以"象"會"意"。

意象選取是詩歌成功的關鍵。意象是凝聚詩人主觀意蘊，寄託詩人情思，寓意深刻的藝術形象。意象不但包含了詩人的情感，凝聚了詩人的經歷感受，還被賦予了特殊的象徵意義，並且體現出詩歌的美感。有些詩歌使用單一意象，有些詩歌巧妙地使用系列意象。閱讀詩歌時藉助意象可理解詩歌的內容，領悟詩歌所抒之情。

小說也常使用意象使作品主題更突出，寓意更深刻。如，張愛玲的《金鎖記》中，金鎖本身就是一個意象。故事中的曹七巧，一輩子將自己鎖在黃金枷鎖之中。老舍的小說《月牙兒》和《陽光》中的月亮和太陽也是很典型的小說意象。

戲劇、電影、圖畫、舞蹈等各種體裁的文學藝術作品都可以用意象構成意境，傳達作者的情感，表達作品的主題。

用法舉隅

在古今詩文中，很多意象具有約定俗成的特指意蘊。這些意象被反覆使用，寄託作者的感情、抱負和志趣，使作品言簡意賅、寓意深刻。如梅花、蓮花等。

鄭愁予的《錯誤》中採用了"蓮花""東風""柳絮"等許多傳統的意象。詩人對古典意象的運用相當成功，作品因此具有中國古典詩歌的韻味。這首詩從藝術構思的角度看就是意象的巧妙組合。一個意象接一個意象，眾多的意象組合在一起，畫出了圖畫，講述了故事，構成了一個藝術的天地。詩中的各種意象紛至沓來，貌離實合，似斷又續，看似互不連貫，實則內在統一，給讀者留下許多想象的餘地和再創造的空間，因此讀起來有一種含蓄優美的感覺。

被譽為"詩仙"的浪漫主義詩人李白善於選用奇特的意象，構成新奇的意境，產生令人驚奇的審美效果，表現超凡脫俗的情感。如《蜀道難》《夢遊天姥吟留別》《將進酒》等，描繪了奇特的自然景象，選取了新奇的意象，構成了氣勢磅礴、雄奇壯偉的意境，突出渲染了山水景物的奇特險峻，表達出豪放奔湧、氣勢激揚的情懷，產生驚奇震撼的藝術效果。李白的詩歌具有濃烈的個性化、超現實的奇思妙想、強烈的幻想色彩，精彩驚人。

備考點睛

沒有意象就沒有詩歌，詩歌評論離不開對意象的解讀與分析。以往的 P2（試卷二）考卷中，有題目要求考生對詩歌中意象組合"不連貫"的特點進行分析。在 P1（試卷一）考卷中也不乏要求考生就意象展開評論的引導題。

　　意象可以是視覺的也可以是非視覺的，意象不僅廣泛運用於文學文本作品，如詩歌、小說、戲劇之中，也廣泛運用於非文學文本中，如廣告、新聞稿件等。在 HLE（高級課程論文）和 EE（專題研究論文）中針對作者運用視覺與非視覺意象產生特殊藝術效果，以及通過意象經營作品情緒氣氛等來研究都是不錯的選題。考生可將意象與意境結合起來分析評論。在高級課程 IO（個人口試）的詩歌口頭評論中，意象也是一個必用的術語。

讀記歸要

02 意境
Artistic conception

詞語本義

　　"意"有意願、意念的意思。"境"有境界、境象的意思。前者是主觀的情思,後者指客觀的情境。意境,是作者把想要表達的主觀情意用客觀景物形象呈現出來的畫境,是意象或意象的組合完全統一、相互交融形成的和諧一致的藝術境界。

術語解釋

　　意境是文學藝術作品通過形象描寫表現出來的藝術境界和韻致情調。詩歌的意境,就是詩歌中所描繪的生動圖景與詩人強烈感情融合而成的一幅情景交融、色彩鮮明的圖景,是一個物與我、情與景、虛與實有機交融的藝術境界。

意境由意象生成。意象是具體事物，意境是具體事物組成的融入了濃烈感情的整體圖境。一般來說，意象構成意境主要有兩種情況：

1. 由一個意象構成整首詩歌的意境。如王冕的《墨梅》，詩中只有梅花一個意象。這梅花不是自然之梅，而是作者心中具有顏色、形態、香味、獨特的性格、詩人精神氣質的梅。這個梅花的意象，就構成了一幅生機盎然的圖景，營造了特立獨行、純潔高雅的藝術境界。

2. 由多個意象組合構成整首詩歌的意境。詩歌中每一個意象都作為整體畫面的一個部分，各種意象組合起來構成一幅完整和諧的畫境。以馬致遠的《秋思》為例，"枯藤老樹昏鴉，小橋流水人家"。詩句裏的 "枯藤" "老樹" "昏鴉" 和 "小橋" "流水" "人家" 是詩中的意象。這些意象組合在一起，構成了一幅暮色蒼茫、孤獨淒涼、遊子浪跡天涯、思鄉盼歸不得的圖畫。這樣的圖畫和隱藏其間淒涼傷感的情緒構成了淒美蒼涼的意境。

意境開拓出審美想象空間，令讀者領悟詩人情感與其產生共鳴，被稱為詩歌創作的最高境界。意境的成功營造，要求 "意" 與 "境" 巧妙融合，景中有情、情景交融。兩者的相互結合必須藉助恰當巧妙的藝術手法。詩人可以通過象徵、暗示、雙關等藝術手法，營造出情景交融的意境。

用法舉隅

鄭愁予的詩歌《錯誤》由"蓮花""東風""柳絮"等一系列富有特徵而又互有聯繫的單個意象組合在一起，綜合成了一幅極富美感的江南小巷暮春圖。這個畫面瀰漫著相思愁緒，氤氳著惆悵感歎，構成了傷感哀愁、令人回味無窮的意境。讀者進入這個圖境，必然被這樣的情感深深打動，產生無窮的審美想象，這就是意境的魅力。

欣賞詩歌時，要善於藉助豐富的想象和聯想，將詩的語言化為生動具體的畫面，邊讀邊想象畫面，把自己融入詩歌的意境之中，感受作者如何將主觀情感融合進客觀物象中，捕捉詩歌深邃的意蘊。

在傳統美學思想影響下，中國古代詩人的抒情言志很少採用直抒胸臆的方式，而是把感情和景物相結合，曲折含蓄地表達出來，創造出蘊藉渾然、韻味雋永的美學境界。在具體的創作中，可以化不盡的"意"為有限的"境"，化抽象的"虛"為形象的"實"，把自己的思想和感情通過由景、物、人、事結合而成的"境"表達出來。詩歌中的情意變成具體的自然景物圖畫形象地展現出來，自然景物就成為一個個鮮明生動的意象，構成詩歌的意境。如，李白《贈汪倫》中，用"歌聲"這個"虛"代"汪倫"這個"實"，把汪倫的"送我情"化為深千尺的"桃花潭水"，用深水比深情，創造出虛實結合、情景交融的意境。

備考點睛

以往的 P2 考卷中，有要求考生針對詩歌營造意境進行論述的題目。考生回答時，要結合意象的選用與組合的方式及特點，細緻分析，明辨具體作品使用了哪些藝術手法來營造意境，並就產生了怎樣的效果、如何引起讀者的共鳴等進行全面論述。

讀記歸要

03 錯綜
Intricate

詩詞賞評常用術語

詞語本義

"錯"有雜亂、交錯的意思。"綜"有總聚、總合、編織在一起的意思。錯綜,含有縱橫交織、相互交叉的意思。

術語解釋

錯綜是一種修辭手法,指的是將文句中形式整齊、語序正常的句子用抽換詞彙、交錯詞語、伸縮文句、變化句式等各種方法打亂前後順序、改變句式結構,把本來整齊勻稱的句子故意寫得參差錯落,以達到使語言形式生動活潑、富於變化的目的。

如,白居易的《與元微之書》中"紅榴白蓮,羅生池砌"

014

句，完整的意思是紅色的石榴長在石砌旁，白色的蓮花長在池水中，正常的句子應該是 "紅榴羅生砌，白蓮羅生池"。詩歌把兩個句子打亂了，故意將兩種植物的名稱放在了前面，把兩個地名放在後面。紅榴白蓮緊挨在一起，形成了鮮明的色彩對比，池水與石砌排在一起，有了一種質感的對比。這樣一來不僅避免了語言的呆板單調，也讓意象的視覺美感更加突出，整個句子變得錯落有致。

在詩歌創作中使用錯綜，有時是為了突出主要的意象。為了突出特定的意象所蘊含的詩意，詩歌可以將應該放置在後面的詞語提到前面來，把應該放置在前面的詞語挪到後面去。改變了原本正常的句式，詞句的排列錯綜複雜，看起來很不自然，但是表達的意思卻會更加突出明白，還可以造成一種陌生化的語言效果。如，臧克家的《難民》中 "黃昏還沒溶盡歸鴉的翅膀" 句，突出的是 "黃昏"，將其前置，語序顛倒，屬於錯綜句式。

用法舉隅

錯綜在古今詩歌中具有多重作用，恰當使用能使詩歌語言具有深刻的意味和藝術魅力。

奧登的《悼念葉芝》中 "那也是他最後一個下午，/ 呵，走動著護士和傳言的下午"，護士的匆忙走動隱喻著他生命垂危的情景，作者將句子寫成"走動著護士和傳言"，形成了有意的錯綜，突出了"走動"的動感，把"傳言"擬人化。這樣的改變，不僅讓句子的形式變得新奇，也豐富了詩歌語言的含義，展現出一種不合情理的現實，表達出一種更加深刻的情感：在人都快要死了的那個下午，人不能動了，可是"傳言"還在到處"走動"。想想看，多麼可怕，又多麼悲哀！詩人使用了錯綜修辭手法，賦予了詩歌一種語言的張力。

　　唐德亮的詩歌《彎腰》中熟練地採用了錯綜修辭法。詩歌的句子靈活多變，突出了詩歌的主要意象，更好地表達出了作者的情感。

　　"彎腰這是面目模糊的祖父，粗手大腳的母親，日益乾瘦的父親／向地裏刨食，刨幸福，刨歡樂，刨未來"，作品借"彎腰"這個動作以實寫虛，表達出深刻的思想意義：彎腰這個艱辛勞作的動作姿勢，象徵著人類賴以延續生存的一種精神力量，將像天地般永恆地存在下去。作者有意識地改變了句子的順序，把"彎腰"放在句子的前面，起到了突出這一意象的作用。同時，這樣的句式結構也給讀者一種新鮮的閱讀感受。

備考點睛

　　詩歌是語言的藝術，詩歌的成就表現在詩人對語言文字的創新使用上。在 P1 分析詩歌作品時，語言的風格特點是必須要關注的。在以往的 P2 考卷中，有要求考生針對詩人如何對日常語言進行排列組合應用的話題進行評論的題目，也有要求考生針對詩歌看似荒謬的表達方式進行評論的題目。回應以上題目，考生可以結合錯綜、互文、畸聯等術語作出分析。

錯綜

讀記歸要

04

互文
Intertextuality

詞語本義

"互"就是相互、彼此的意思。互文,也叫互辭。

術語解釋

　　互文是漢語表達的一種修辭手法。互文指在文章中,前後兩句或一句話中的兩個部分看似各說一件事,實則是互相呼應、互相闡發、互相補充,說同一件事。在閱讀理解的時候,必須把兩個部分的前後語意互相拼合、彼此補充才能使意思完整。

　　互文不僅在古詩文中被廣泛使用,在現代漢語中也隨處可見。人們常說的"讀書看報"和"遊山玩水"就是兩個典型的例子。"讀"與"看"、"書"和"報"構成互文,前後相互拼合補充，完整的意思是讀看書報。"遊山玩水"就是遊玩山、遊玩水，遊玩山水的意思。又如，"風裏來雨裏去"是在風雨裏來來去去的意思。類似的還有"披星戴月""精雕細刻"等。

互文是詩歌創作中一種常見的修辭技巧。在詩歌寫作中，詩人往往將一個完整句子的意思拆開，分別放在兩句中或一句中的兩個地方。有時候是上句省略下句出現的字詞，有時候是下句省略上句出現的字詞，上句與下句結合起來構成完整的意思。比如，徐志摩的《偶然》中有這樣的經典詩句，"你有你的，我有我的，方向"。這句的意思是：你有你的方向，我有我的方向。前句中省略了"方向"，避免了重複，增添了節奏的變化。在理解的時候，要用後句中的"方向"作補充，使意思完整。

互文從字面上看是省略了一些相同的字詞，從內容上看則是句意結合互相補充，借詞語相互補充來表達完整的意思。如"東犬西吠"的意思是東邊的犬吠，西邊的犬也吠。字面上省略了一個"吠"和一個"犬"，意思上可以借用"吠"和"犬"互補，表達完整的意思。這樣的互文句子，簡潔凝練、含蓄豐富、結構整齊、節奏鮮明、朗朗上口、易讀易記。

互文和錯綜容易混淆，必須學會明辨。分辨的原則是：錯綜只是改變字詞句的順序，達到交錯變化的目的，詞語不能互用，彼此不能補充。互文前後兩句中的詞語可以借用，起到互補意思的作用。例如"東奔西跑"可以寫成"東西奔跑"，是互文；"桃紅柳綠"不可以寫成"桃柳紅綠"，是錯綜。

用法舉隅

詩詞賞評常用術語

古典詩詞中互文句比比皆是，令人過目難忘。比如，《木蘭詩》中"當窗理雲鬢，對鏡貼花黃"；杜甫的《客至》中"花徑不曾緣客掃，蓬門今始為君開"；王昌齡的《出塞》中"秦時明月漢時關"等，都是膾炙人口的互文佳句。

毛澤東的《沁園春·雪》中"千里冰封，萬里雪飄"也採用了互文修辭手法。意思是：千里冰封雪飄，萬里冰封雪飄，極目遠望山河原野，到處都是冰封雪飄。採用互文的方法可以避免字詞重複、意思囉嗦，增加句子的旋律感，讓句子的結構更獨特，形象更鮮明，情感更突出。

除了字句的互文以外，詩歌還可以使用段落的整體互文強化突出詩歌的意象，表達作者的思想情感。

如中國台灣詩人辛鬱的《讀報之什》有這樣一段："我坐著讀報／讀著戰火／我立著讀報／讀著煙爐／我躺著讀報／讀著愛之溺斃／我蹲著讀報／讀著恨之滋生"，整個段落運用了全面互文修辭法。意思是：我無論坐著、立著、躺著、蹲著都在讀著報紙上沒有止境的戰火、硝煙、愛之溺斃，所有的報紙上都是戰火、硝煙、愛之溺斃的內容。這樣的寫法讓詩歌的句子精煉、形象突出，達到了詩意含蓄、情感不斷強化的效果，突出表達了作者的強烈不滿與批判諷刺之情，還從幾個不同的方面表達意思，讓內容更加豐富。

備考點睛

使用互文的修辭手法可以達到"以少勝多"的效果。以往的 P2 考卷中，有要求對詩人如何通過省略暗示達到"以少勝多"的效果進行評論的題目，考生可以結合詩歌的語言技巧和表達方式來回應。值得注意的是，新課程將"互文性"列為三大探索領域中的一個，特別強調考生能全方位考察不同文本之間的相互影響作用。在 P1 和 IO（個人口試）對文本進行分析時要有明確的互文性意識，從多角度解讀和分析文本，深入透徹地解讀作品。

讀記歸要

05

複沓
Refrain

詞語本義

"複"是重複的意思。複沓，有重疊堆積的意思，指的是將歌謠中的部分詞句反覆詠唱。複沓，又叫複唱，在民間歌謠中廣泛使用。

術語解釋

複沓是詩歌創作中一種常用的藝術表現手法。複沓指的是幾個反覆吟唱的句子，其詞句基本相同，只是更換了少數的詞語或中間幾個字。如，《木蘭詩》中"問女何所思，問女何所憶。女亦無所思，女亦無所憶"。這幾個反覆詠唱的句子基本一樣，只是更換了其中的個別字詞，使用了複沓的手法。

複沓構成了詩歌的節奏，體現了詩歌迴環複沓的特性。詩歌通過將部分詞句反覆詠唱，渲染氣氛，強調語氣，加深情感，增強音樂性和語言節奏感，構成形式美。複沓對整個詩篇有重要的組織規範作用，可以形成一種曲盡其妙的迴環美。

複沓不僅在詩歌中常見，在散文作品中也常使用。複沓可以以多種面貌出現，可以是段落複沓、句子複沓、字詞複沓。散文中運用複沓，可以加強語勢，抒發強烈的感情，表達深刻的思想，分清文章的脈絡層次，增強語言的節奏感。

用法舉隅

聞一多的詩歌《忘掉她》一共有七個小節，每個小節共有四句，在七個小節中，第一句"忘掉她，象一朵忘掉的花！"和第四句"忘掉她，象一朵忘掉的花！"完全一樣，只是更換了第二句和第三句中的一些字詞。整首詩歌採用了複沓的手法，構成了詩歌反覆詠歎、迴環往復的節奏，不斷深化詩歌的情感，也突出了詩歌形式整齊劃一的美感。每段中首句和尾句重複的句子起到了點題的作用，也讓各個小節部分之間相互聯繫，產生了相互應和的效果。旋律複沓，形成了一種連綿不斷、漸深漸遠的情緒氣氛。

徐志摩的詩歌《我不知道風是在哪一個方向吹》使用了複沓的手法。每個小節中前三句完全相同，都是"我不知道風／是在哪一個方向吹——／我是在夢中"，不同的小節只是更換了最後一句的內容。相同的句子，相似的意蘊，不斷地反覆，使感情層層推進，在參差中又顯出整齊的美，強化了作品的主旋律，抒發出詩人感情起伏的波瀾。複沓的運用，反覆吟詠，起到了一唱三歎的效果。這種手法所造成的綿密音節，不斷暈染著讀者的感情，營造出抒情而惆悵的音樂氛圍，構成了詩歌完整有序的節奏旋律，深深地感染著讀者。複沓不僅令詩歌迴環往復，重複變奏，抒發出纏綿的情感，也構成了詩歌美觀的形式結構，使詩歌作品章法整齊，畫面完整，視覺效果鮮明。

備考點睛

　　以往的 P2 考卷中，有要求考生針對詩人如何運用音調來創造新的意義進行評論的題目。在 P1 的考卷中，也不乏要求考生針對詩歌的情調、韻律、節奏進行分析的引導題。在 IO 的講述、HLE 和 EE 的寫作中，考生可以根據作品內容結合複沓、反覆、互文、雙關等手法展開論述，這些方法都有助於表達自己的觀點，產生好的賞評效果。

讀記歸要

06 戲擬
Parody

詞語本義

"戲"有玩耍、遊戲、開玩笑、戲弄的意思。"擬"有效法、模仿的意思。戲擬就是遊戲性模仿的意思。

術語解釋

戲擬指作者借用前人已有的文本進行有意識地戲謔或滑稽模仿,故意把一些傳統作品拆開,加入一些新的成分加以組合,重構出一個新的文本,創作出一個具有不同意義的新作品的方法。

戲擬的目的是通過對前人已有的文本刻意的模仿,達到一種反抗、反叛、顛覆、批判或嘲諷的戲劇性效果。戲擬在模擬、仿製的過程中故意對原作構成一種反諷，對權威經典進行曲解。所以，戲擬在現代文學中往往與反諷聯繫在一起，被看作具有消解崇高、褻瀆神聖、顛覆傳統、反抗主流、否定傳統的意義和作用。

戲擬是一種破壞性的模仿。戲擬作家通過誇大另一作家的風格或觀點，創作出自己的戲擬作品。戲擬作家在創作中故意模仿或借用另一作家傳統經典文本的敘事方式，將詞語、句式、文體模式、情節模式、語調、人物、個人語言的技巧、風格等，從原來的語境移植到另一種語境，使語境與語言的特定邏輯關係和語義關係發生改變錯位，通過主題和文體風格的尖銳對立創造出幽默或諷刺的戲謔效果，令人忍俊不禁。

戲擬是詩歌中常使用的創作手法。戲擬作品的語氣、措辭、情調等表面形式和原作相同，但內容卻是對原文的推翻和否定，作者通過戲擬另一作品，達到突出自我對事物嘲諷批判的目的。

例如，戲擬作者可對一首早已存在並且享有盛名的詩作，運用倒寫、反作、拼湊、粘貼、並聯等手法，將原本不相干的內容寫在一起，讓原有的文本和新的作品成為形式上類似、內容上完全不同的作品，藉此表達出嘲弄諷刺。作者運用巧妙的戲擬手法進行創作，可以體現出作者的匠心獨運，賦予詩歌獨特的審美效果。

"昔人已乘黃鶴去，此地空餘黃鶴樓。黃鶴一去不復返，白雲千載空悠悠。"崔顥的《黃鶴樓》表達了弔古懷鄉的情感，是家喻戶曉的經典之作。魯迅對這首詩歌進行了戲擬，使用了原詩的格式和韻腳，拆開原有的詩句，加入了自己的內容，將原作變成了另外一首詩歌作品："闊人已騎文化去，此地空餘文化城。文化一去不復返，古城千載冷清清。"魯迅的這首戲擬詩《弔大學生》表達出與原作不同的內涵寓意，諷刺了當時政府統治造成的社會現象，突出表達了嘲諷批判的思想感情。

唐朝杜牧的《清明》是一首膾炙人口的經典之作，其中"借問酒家何處有，牧童遙指杏花村"更是家喻戶曉的名句。余光中在《布穀》一詩中，對《清明》做出了戲擬。

《布穀》中有這樣的句子："掃墓的路上不見牧童 / 杏花村的小店改賣了啤酒 / 你是水墨畫也畫不出來的 / 細雨背後的那種鄉愁"。前面兩句用杜牧《清明》的意象點化而成，但是路上不見牧童，小店改賣啤酒，顯然是對杜牧《清明》詩意的反用。杜牧詩中，路上的行人還有牧童可以打探，還有酒家可以消愁；而眼前，不僅找不到牧童的蹤影，連酒家出售的也不再是故鄉的解愁之酒了。古老無限的鄉愁還在，但在現代社會裏已無處消解、無法慰藉了，這叫人加倍地魂斷心傷。

　　作者採用了戲擬的手法，諷刺和批判了一個鄉意古意十足的鄉村被盲目開發，肆意破壞，失去了寧靜生活情調的現實，表達了自己對故鄉的思念之情無所寄託而產生的不滿和失望。

備考點睛

　　戲擬凸顯作品的風格，也是一種表現激情的藝術手法。以往的 P2 考卷中，有要求考生針對詩歌表現激情的手法進行評論的題目，還有要求考生對詩人通過不充分陳述或輕描淡寫達到的特殊效果進行討論的題目。考生可結合戲擬的特殊效用對作品進行論述。此外，在完成 P1 詩歌作品分析評論時也應注意戲擬手法產生的藝術效果。

讀記歸要

07 雙關
Pun

詞語本義

"雙"就是兩個、一對的意思。"關"具有牽涉、連繫的意思。雙關,指的是雙關語,又稱一語雙關,指用一句話或一段文字雙關到兩種事物的修辭方法。

術語解釋

雙關指在一定的語言環境中,利用字詞多義和同音的條件,以及語意相關或語音相似的特點,如字音的諧聲、字義的兼指、語意的暗示等,造成語句言在此而意在彼,具有雙重意義之效果的修辭手法。

使用雙關修辭法,讓一個字詞或一句話可以同時關顧到兩種事物或兼含兩種意義，能使語言表達變得簡省含蓄，作者情感表達曲折有致，作品風格幽默詼諧，語氣語調活潑生動，達到含蓄蘊藉的效果，給讀者以深刻的印象。

雙關可分為語音雙關和語義雙關兩類：

1.語音雙關：指利用同音或近音的條件而構成的雙關，又叫諧音雙關。劉禹錫《竹枝詞》中"東邊日出西邊雨，道是無晴卻有晴"是一個非常有名的諧音雙關例子。"晴"表面上是說晴雨的"晴"，指天氣的陰晴不定，暗中卻又是在說情感的"情"，指感情的捉摸不定。一個"晴"字，言在此"晴"，而意在彼"情"，達到了一語雙關的目的，豐富了詩歌的意蘊。

廣告詞中經常使用諧音雙關的修辭方法以達到一語雙關作用。如，餐館酒家的廣告詞"食全食美"。"食"與"十"諧音雙關，"食全食美"與成語"十全十美"的語音和語義雙關。用"食全食美"這個雙關語，既突出了酒家的菜式齊全，也突出了味道鮮美的特點。這樣的廣告能起到很好的宣傳效果。

2.語義雙關：指利用詞語或句子的雙重含義造成的雙關，同一詞語表達幾種含義。如，"多麼難捱的漫漫長夜啊！""長夜"不僅是指夜晚的時光，也兼指艱難困苦的日子。語義雙關，用字面的意思來突出字面內蘊含的深層意思。

雙關語常作為產品的名字使用。如，"美的，生活可以更美的"。"美的"這個品牌的名稱，利用了"美"本來的意思，突出產品質量性能的美好。

語義雙關的雙關語可以達到一箭雙雕的目的，使語句具有豐富的內涵。特別是當一些言辭不好直接說出的時候，用雙關語可以機智巧妙地表達出作者的思想情感，揭示作品的深層意蘊。《紅樓夢》詩句中"將那三春看破，桃紅柳綠待如何？把這韶華打滅，覓那清淡天和"就是一例。"三春"，字面上指暮春的時節，字面內的深層意思指《紅樓夢》中元春、迎春、探春三個人物的命運遭遇。雙關使語言表達變得含蓄蘊藉，造成作品言有盡而意無窮的效果，同時將抽象的感情表達得更加形象生動，從而深化作品的內容情感，給讀者留下深刻的印象。

用法舉隅

　　古代詩歌中有很多雙關的例子。如杜牧的《贈別二首之二》中"蠟燭有心還惜別，替人垂淚到天明"，這裏的"心"指蠟燭燭心，雙關後面的人"心"，明說蠟燭，暗寫人，寫人的傷心欲絕，所以才會傷心流淚。

　　現代詩歌中也有很多例子。中國台灣詩人李魁賢的詩歌《碑》，採用碑作為詩歌意象，對碑進行了擬人化的描寫，探討紀念碑的意涵。"碑／卻標舉著創傷／在陽光下／刺痛了眼睛"，利用"碑"與"悲"的雙關語意構成了詩歌的內容，抒發了詩人的情感。

余光中的《白玉苦瓜》是一首詠物詩。詩人用雙關的手法，描寫了他在故宮博物館看見的一件具有雙重指涉意義的白玉雕成的苦瓜。

"一隻瓜從從容容在成熟／一隻苦瓜，不是澀苦"，苦瓜的名字與苦瓜的苦澀，語意雙關，表示苦瓜自身的苦味，也表示作家的悲苦之情，還表示幾千年中國人民所受的苦難，一語多義，寫物更寫情，語義相關。

此外，白玉也有雙關意義，白玉的無瑕高貴和祖國母親養育自己兒女的堅貞不屈、品格高貴語義相關。"白玉裏流轉／一首歌，詠生命曾經是瓜而苦"，經過雕塑家的千刀萬鑿，白玉苦瓜獲得了藝術的靈魂，"被永恆引渡，成果而甘"。白玉不朽，也是一語雙關，賦予了永恆雙重意蘊，一方面肯定了藝術創造出了作品的永恆價值，另一方面寓意祖國母親經歷苦難堅強不屈獲得永恆價值。白玉不朽，祖國不朽，因為獲得永恆不朽，這隻苦瓜已經不苦了。

備考點睛

雙關這個術語在文學和非文學文本中被廣泛使用，對考生來說並不陌生。雙關能起到以少勝多的藝術效果。以往的 P2 考卷中，有考題要求考生針對詩歌高度的濃縮性進行評析。考生可從詩歌含蓄蘊藉的表達方式和修辭技巧等方面展開分析。在 P1 和 IO 中對文本進行分析時，考生也要對文本中雙關、象徵、畸連、含混等手法的運用以及效果加以關注，以深入理解文本的意蘊。

讀記歸要

08 含混
Ambiguity

詞語本義

　　含混，就是模模糊糊、不清楚、不明確的意思。含混，往往帶有貶義，多指在本來應該清楚明瞭的地方卻含糊不清，令人費解，甚至故作晦澀艱深。

術語解釋

　　含混作為文學批評術語，指的是文字意義的豐富性，也稱複義或多義性，是文學的重要審美特徵之一。含混美是詩歌的一種理想藝術形態。詩歌以凝練精粹的語言，抒發作者內心豐富的情感，讓讀者在閱讀文學作品時，感受到作品中蘊含的多重意義。

含混顯示出詩人高超的技藝。利用含混能巧妙地用單一詞語或措辭來指涉兩個或兩個以上有差異的物體，或者表示兩種或兩種以上不同的態度立場、思想情感。這樣一來，在看似單一而語義確定的語言中，就蘊蓄著多重而不確定的意味，令讀者回味無窮。所以，含混既是一種藝術創作手法，又是一條美學原則，是文學作品特別是詩歌成功與否的一個評價標準。

用法舉隅

詩歌最忌諱說明說透，要用暗示的手法傳達出詩歌的情感意緒，造成一種朦朧模糊含混的美感。穆木天的詩歌《雨絲》就是這樣一首作品。詩歌寫出了下雨的時候，一絲一縷的雨絲和千條萬緒的心思融匯在一起，作者可以感受到那種微微的歎息，但是究竟為什麼歎息卻不是很明白，讀者可以憑藉自己的解讀來領悟和感受。

現代文學作品，特別是詩歌很講究含混。因為含混可以使作品內涵更加豐富、語言彈性與張力增大，但含混不能過了頭。如果過了頭，難免給人故弄玄虛的感覺，給讀者的理解增加障礙。

穆旦的情詩《詩八首》也很講究含混："你底眼睛看見這一場火災，你看不見我，雖然我為你點燃，唉，那燃燒著的不過是成熟的年代，你底，我底。我們隔如重山！從這自然底蛻變程序裏，我卻愛了一個暫時的你。即使我哭泣，變灰，變灰又新生，姑娘，那只是上帝玩弄他自己。"詩歌中的"玩弄"一詞語義含混。"上帝玩弄他自己"可以解釋為上帝在自我消遣娛樂，上帝似乎在控制著一切。但"你"和"我"的愛情，那"點燃"了"你"又讓我"哭泣，變灰，變灰又新生"的"火災"，好像又是受上帝的控制，被上帝玩弄。上帝讓人類有感情需求而又心靈隔膜，使男女相愛卻痛苦矛盾，這都是被上帝玩弄的結果。"玩弄"詞語含混多解，沒有明確地說出其意思，讀者只能根據自己的體驗和想象加以理解。這樣的詩歌才具有張力。

備考點睛

"含混"這個術語在評論現代詩歌作品中被經常使用。以往的 P2 考卷中，有題目要求考生評論詩人如何設計"模糊"來取得詩歌的效果。含混和模糊的意思相同，理解這個術語對於解答類似題目很有幫助。考生可以結合象徵、隱喻等多種手法展開對作品的評述。

讀記歸要

09 反詰
Ask (in retort)

詞語本義

"反"有翻轉、顛倒的意思。"詰"有盤詰、究責的意思。反詰，有追問、責問的意味。反詰是反問的一種，但不等於反問。

術語解釋

反詰是一種常用的修辭手法，指的是採用疑問的句式對具體內容進行追問、盤詰，達到核實、澄清的目的。反詰句用反問、追問、責問的語氣向聽話的人說明結論，把要表達的確定意思用問句的形式表達出來，表示肯定的意思，不要求聽話的人回答。

　　反詰句和反問句有共同之處。它們都是無疑而問，明知故問，只問不答，答案已寓於問話之中，問者只是想要用問句來加強語氣，得出肯定的結論。但是，反詰不等於反問。反問強調的是問，沒有追責之意，而反詰則在不同程度上具有追問、盤責的意思。

　　作者常常利用反詰的修辭手法，針對疑點、重點、難點進行辨析和澄清，表明確定的態度和立場。除此之外，使用反詰還能突出驚奇、輕視、譏諷、憤慨等各種表情態度。因此，使用反詰可以令內容更加起伏跌宕，情感更加強烈，觀點更加鮮明突出。

　　反詰修辭法不僅在詩歌中經常用以表現作者的激情，造成語義、語氣和語調上的特殊效果，在散文、小說中也常常使用。

用法舉隅

　　杜甫的七絕《贈李白》：〝秋來相顧尚飄蓬，未就丹砂愧葛洪。痛飲狂歌空度日，飛揚跋扈為誰雄？〞這首詩表面好像是規勸李白要像道家葛洪那樣潛心於煉丹求仙，不要痛飲狂歌飛揚跋扈，顯示自己的才幹，實際上是讚歎李白藐視權貴，痛飲狂歌、拂袖而去的灑脫，同時又痛惜李白淪落漂泊，不為統治者賞識，雖有濟世之才而不能施展的境遇。在最後兩句杜甫感慨萬千，扼腕憤懣，用正常的語氣無法表達自己不平的激情，於是就運用了反詰的語氣，發出似在埋怨、實則不平的追責詢問「飛揚跋扈為誰雄？」這樣的感慨是為李白、為自己，也是為天下所有生不逢時、懷才不遇的人而發的，激起了古今讀者的強烈共鳴。

現代詩歌使用反詰修辭法也能收到很好的效果。魏鋼焰的詩歌《草葉上的詩》一共有七個長短不一的小節。最後一個小節：「呵，朋友，／你從這片小小的草葉上／怎會看不到我的詩歌？」使用了反詰句，非常好地回應了詩歌的題目，強化了詩歌的情感。一片草葉雖然很微小，但是象徵了廣大的草原。從一片小小的草葉上，就可以感受到廣大的原野。這首詩歌如同這片小小的草葉，雖然微小而有限，但是凝結了無限情感。朋友們讀了這首詩，一定能像從一片草葉上看到整個原野一樣，從詩歌有限的文字中領會到詩人的無限情懷，感受到詩人對祖國的深厚情感，和詩人一樣讚美祖國的山河與成就。這裏的「怎會看不到」意思是一定看得到。作者採用了無疑而問、明知故問的反詰句，用疑問的形式表達肯定的意思和堅決的立場，把問話的答案設在問句之中，讓讀者從句子本身找到答案，得出結論，產生和詩人的情感共鳴。這是詩歌創作、抒發情感的一種巧妙手法，能產生很好的藝術效果。

備考點睛

反詰修辭法不僅在詩歌中經常使用，在散文小說中也常常使用。運用反詰修辭法可以表現作者的激情，造成語義、語氣和語調上的特殊效果。在以往的 P2 考卷中，有要求考生針對詩歌作品音調的運用和表達激情的手法做出評論的題目。在 P1 詩歌作品的評論中，也會要求考生對作品的情感色彩或情緒氣氛進行評析。回應此類題目，考生可以結合反諷、反語、反詰等修辭手法全面、多角度展開分析。

讀記歸要

10 畸聯
Association (with unpredictable concepts)

詞語本義

　　"畸"指的是不整齊、不規則、不正常。"聯"有連接、結合的意思。畸聯，指超出常態的搭配組合方式。

術語解釋

　　畸聯是一種修辭技巧。畸聯指作者在特定語境中，詞與詞、詞組與詞組、句子與句子之間，竭力改變、扭轉原有規範的固定秩序和位置，或者採取故意歪曲、誤解、詞性易位等手段進行組合搭配，造成語言表達上的陌生化和驚異感，從而使語言富有強烈的震撼感染力。

　　在現代詩歌創作中，很多詩人利用潛意識、錯覺幻覺、自由聯想、語法修辭等各種手段，進行強制性的、大跨度的變異，造成超出語言常態的畸形組合。畸聯的形式多種多樣，主要有大與小、遠與近、虛與實、因與果、具體與抽象、瞬時與恆久、被動與主動、有限與無限等關係範疇的畸聯。

　　成功的畸聯，體現出作者對語言的高度敏感，也表現出詩人的語言創新能力。如，因果畸聯，是通過改變事物正常的因果關係形成的。詩人在詩句中，要巧妙地將因果關係進行扭曲，才能製造出一種錯亂的因果關係，讓詩歌具有陌生化的驚人效果。

用法舉隅

　　詩人舒巷城憑藉對語言的敏感，靈活巧妙地運用畸聯，給詩歌《復活》帶來了奇妙的藝術效果。下面的詩句中，詩人通過奇特的聯想，把表面上看起來毫無關聯的事物連在一起，構成了遠近畸聯和大小畸聯，表達出深刻的人生哲理，歌頌和讚揚了人生的力量。

　　"你知道嗎？／在迷濛的海天相接處的／緩緩地升起的朝霞／是多少世紀以前／採珠人悲傷的血之迴光"，"你知道嗎？／我從一個閃著幸福與微笑的／嬰孩的瞳孔裏／看見一萬年前被打得遍體鱗傷／然後被埋葬了的春天"，眼前的海天、朝陽與多少世紀以前人的血光，形成了遠近畸聯。小嬰孩的眼睛與春天、眼前的微笑與一萬年前的景象，形成了大小和遠近畸聯。詩人用這樣的手法把距離遙遠、毫不相干的事物畸形地組合連接在一起，完成了一幅具有時空層次感的立體圖畫，構成了詩歌深遠的意境。

從中國台灣詩人洛夫的詩作中可以找到很多精彩的畸聯。洛夫憑藉修辭技藝，為他的詩歌作品錦上添花。

在《河畔墓園——為亡母上墳小記》中，"我為你／運來一整條河的水／流自／我積雪初融的眼睛"，將人的眼睛和河流建立起聯繫，構成了大小畸聯。

在《讀報·國際版》中，"荷姆茲海峽驚起的巨浪／濺濕了我那靠得太近的／老花眼鏡"，將遠在幾千公里外的海峽和主人翁的眼鏡連在一起，構成了遠近畸聯。

在《寄鞋》中，"積了四十多年的話／想說無從說／只好一句句／密密縫在鞋底／這些話我偷偷藏了很久／有幾句藏在井邊／有幾句藏在廚房／有幾句藏在枕頭下／有幾句藏在午夜明滅不定的燈火裏"，將無形的聲音、話語和有形的鞋底、井邊、廚房、枕頭相連，構成了虛實畸聯。

備考點睛

　　不瞭解畸聯、含混、錯綜等術語概念，就不能透徹地理解現代詩歌作品，更談不上對一些看似朦朧的詩歌作品進行分析與評論。在 P1 的評論寫作以及回應 P2 考卷中針對詩人排列組合語言的技巧效果進行分析的題目時，考生要善於從詩作的細節入手，運用學過的術語展開評論。

讀記歸要

11 象徵
Symbol

詞語本義

　　"象"有形狀、樣子的意思。"徵"有證明、證驗、特徵的意思。象徵，指的是一種表現手法，就是用具體有形的事物來表現無形抽象的觀念，以具體的事物體現特殊的意義，用可以看見的事物或標記來表現不可見的概念或情感。例如，鴿子是和平的象徵，玫瑰是愛情的象徵。

術語解釋

　　象徵是文學藝術創作中一種常用的表現手法。象徵根據事物之間的某種聯繫，將一些抽象的概念、情感、精神等化為具體可感的形象，通過借用某種事物具體形象的外在特徵、性質特點來暗示人物或事理，寄寓深邃的思想，表達富有特殊意義的哲理，闡明意義相似或相近的概念，抒發思想感情。

象徵不同於比喻，比喻可用兩種具體形象的事物相比，直接指明所描寫對象的特點。如，"這盞燈像太陽一樣明亮"，燈和太陽都是具體形象的事物。象徵則是通過某一具體特定的形象來表達抽象的觀念或情感。如，"長城是中華民族的象徵"，長城是具體、形象的，而中華民族是抽象的。

象徵透過某種意象為媒介，可以對任何一種抽象的觀念、概念、情感、思想做出形象生動的表達。周敦頤在《愛蓮說》中，借用蓮這種植物幹和枝筆直的外形特點，象徵正直的人格品質。蓮就是一個鮮明的象徵意象，使正直這個抽象的概念得到了形象的表達。象徵手法使複雜深刻的事理淺顯生動，使作品含蓄簡潔、寓意深刻、耐人尋味，從而增強了作品的表現力和藝術效果。

在詩歌創作中，象徵具有非常重要的作用和意義。象徵不僅是修辭手法，象徵本身也是詩歌最基本的特徵，沒有象徵就沒有詩歌。詩歌選用人、景、物、事等各種意象，借用意象的象徵意義表達詩歌的情感，營造詩歌的意境。

象徵是所有文學藝術創作中一種不可或缺的藝術手法。應用象徵的手法可以開拓和加深作品的寓意，使作品含蓄蘊藉。

用法舉隅

中國台灣詩人白萩的《雁》是一首詠物言志的詩。詩中的雁是一個突出的象徵意象，也是全詩的靈魂。作者以大雁的飛翔來象徵人類執著追求的頑強精神，深刻地揭示了詩歌的象徵意義。

"在無邊際的天空／地平線長久在遠處退縮地引逗著我們／活著。不斷地追逐"，大雁在恆常不變的天空中不停地飛行，這是大雁的使命，是生命的意義與價值所在。但是，大雁追逐地平線，地平線不斷退縮，始終追逐不到，這是大雁命定的悲劇。

"我們還是如祖先的翅膀。鼓在風上／繼續著一個意志陷入一個不完的魘夢"，大雁的悲劇也是人類的悲劇，人們重複著和祖先一樣的悲劇。儘管如此，"我們仍然活著。仍然要飛行"，人們世世代代仍然不斷飛翔，大雁的飛翔象徵著人類對待生命的態度和精神。

詩歌的結尾"而冷冷的雲翳／冷冷地注視著我們"，"冷冷的雲翳"象徵著冷酷的現實，顯示出追求的艱難。

大雁追逐地平線的歷程，象徵了人類追尋理想的精神。詩歌用了象徵的手法，寫出了人類不斷追求的悲壯與堅定不移的決心。詩歌既形象生動，又含蓄蘊藉，具有豐富的內涵。

臧克家的《老馬》中用老馬來象徵"像老馬一樣、讓人可憐又讓人憎恨的人"。老馬象徵了那些生活在水深火熱之中，被壓迫剝削的勞苦大眾。老馬的遭遇象徵了當時貧苦大眾的共同命運。老馬的處境象徵了當時的社會環境。詩歌借老馬這個形象，寫出了那個時代貧苦大眾的命運。整首詩歌都具有濃厚的象徵意義。

邵寶健的小說《永遠的門》具有深刻的象徵寓意。門，是一個通道。畫在牆上的門，被男主人公塗上了紫紅的顏色，裝上了黃銅的拉手，逼真精美。這個意象中飽含了小說中兩個孤寂的人企望相聚的美好願望。但是，畫在牆上的門，是一扇"永遠"都打不開的門。"永遠的門"象徵了主人公心靈上一個無法開啟的通道。

另一個重要的意象是在作品中反覆出現的透明藍色花瓶。鮮花艷麗生動，象徵著主人公的情感純潔真摯。花瓶纖塵不染，藍得透明，象徵著彼此情感的純潔高雅。"牆上門"和"瓶中花"，有其形而無其實，中看而不中用。這個意象和"牆上的門"一樣，具有深刻的象徵意義：再美的花，只能開在瓶中，沒有生長的土壤又怎能結出果實？隱喻了兩個人無疾而終的愛情。

備考點睛

　　文學藝術運用象徵手法來構建作品，表達其深刻含義。在P1的詩歌賞析和P2考卷要求對詩歌使用意象營造意境進行分析的考題中，以及在對詩歌中自然是主觀再造的產物進行分析時，都離不開對詩歌意象和象徵手法效用的評論。此外，散文類和小說類的P1和P2考試中也多有關於象徵的內容。在IO演講以及HLE和EE的寫作中，象徵手法與作品內容關係密切，不可忽略不論。在對詩歌作品"意在言外"的寓意進行分析時，望考生熟練掌握相關術語並加以靈活運用。

讀記歸要

12 誇張變形
Exaggerated distortion

詞語本義

誇張，就是誇大，用誇大的詞句來形容事物，或對事物加以超越事實的描述，也叫言過其實。變形，指受到外力的作用使物體形狀、形態、格式發生變化，改變了原來的樣子。

術語解釋

誇張是作家在寫作中為了突出某種事物的本質特徵，運用豐富的想象力，在客觀現實的基礎上對事物的形象、特徵、作用、程度等方面進行有目的地放大或縮小，以改變事物形態特徵等的一種修辭手法。

誇張可分擴大誇張、縮小誇張和超前誇張三類：

1. 擴大誇張：把一般事物往大、多、快、高、長、強處說。如，李白《望廬山瀑布》中"飛流直下三千尺，疑是銀河落九天"。

2. 縮小誇張：把一般事物向短、近、少、小處說。如，魯迅《一件小事》中"我從鄉下跑到京城裏，一轉眼已經六年了"。

3. 超前誇張：從時間上進行誇張，把本來後出現的事物說在先出現的事物之前，把還沒有發生的事提前說出來。如，剛一聞見酒，人就醉了。

誇張突出所要描繪的事物，好像電影裏的"特寫"鏡頭，引人重視，給人深刻的印象。誇張還能增強幽默感和趣味性，賦予作品鮮明的色彩，增強作品的感染力。

極度的誇張可以改變事物原有的形態，造成誇張變形。誇張變形，是表現幻想的必要手段之一。作者在描寫對象時，根據自己極強的主觀意識和對事情的理解採用想象誇張的手法，對事物進行有目的地放大縮小或扭曲的描繪，改變事物原有的結構比例以及形狀性質，從而產生出更強烈的震撼效果。

詩歌常用誇張變形的手法對人們熟悉的事物進行變形描寫。詩歌作者運用豐富的想象力，特意對某些事物的某些特點用言過其實的方法進行誇張而造成形象變形，揭示事物的本質，烘托渲染氣氛，啟發讀者的聯想想象，以產生更強烈的震撼力。

誇張變形也是民間藝術創作中一種常用的表現手法。中國的傳統年畫、民間剪紙、服飾刺繡、面具藝術等都運用了變形誇張的藝術手法。以傳統年畫中的武將門神為例，門神的造型在人體結構、比例關係上不符合實際的解剖透視原理，人物的形體橫擴豎縮，面部五官傳神寫意，造成了變形的效果。

用法舉隅

中國台灣詩人洛夫，在詩歌《與李賀共飲》中採用了誇張變形的手法，含蓄而曲折地傳達出李賀的詩歌對現代人心靈的震撼，抒發了自己引李賀為知己的情感，表達出繼承和發揚李賀詩歌傳統的決心與志向。詩中"哦！好瘦好瘦的一位書生／瘦得／猶如一支精緻的狼毫"及"我試著把你最得意的一首七絕／塞進一隻酒甕中／搖一搖，便見雲霧騰升"，驚人的誇張造成了形象的變形，營造出不同凡響的詩歌意境，陌生而又震撼，令讀者難以忘懷。誇張變形的手法，展示出詩人所妙悟到的新鮮意念和情趣。

越來越多的現代詩人在自己的詩歌作品裏有意識地運用誇張變形的手法，表達現代人的思想價值、審美理想和創作觀念。詹澈的《金醒的石頭》中，對陽光和西瓜進行了變形誇張的描寫刻畫，給人奇特的視覺感受。

"陽光才以線條向西瓜園傾斜／用它金色的腳跟／踩在溪底幾顆崢嶸的石頭上／金醒的石頭／睜開了沒有眼睛的瞳仁"，誇張變形的手法，展示出詩人所妙悟到的新鮮意念和情趣。陽光變成了實體的形象，光線變成了腳，石頭變成了人，陽光照亮了他的眼睛。作者用誇張擬人的手法，使人們熟悉的事物的形狀、本質都發生了變化，構成了一幅陽光和石頭的壯麗景觀圖畫，顯現出前所未有的光彩和魅力。

備考點睛

運用文學誇張變形的手法創造出令人耳目一新的作品，呈現出獨特的審美理想和創作觀念，正是文學藝術家具有創造力的表現，也是文學藝術作品具有的價值所在。在以往的 P2 考卷中，有要求考生對詩歌中自然是詩人主觀再造的產物、是作者表達意圖的媒介進行分析的考題。此外，誇張變形也是詩人表達激情的有效手段。在分析賞評現代詩歌作品、魔幻小說作品、超現實藝術作品時，都離不開針對作家如何運用誇張變形的手法進行分析。賞評上述幾類作品，一直是部分考生的薄弱之處。建議考生熟練掌握誇張變形、通感變形等一系列術語，以便在賞析作品時應對自如。

讀記歸要

13 通感變形
Synaesthesia deformation

詞語本義

通感，指的是通過更換感官感受的角度，將人的聽覺、視覺、嗅覺、味覺、觸覺等不同感覺互相溝通交錯，彼此挪移轉換，來描述事物的形狀和情貌。通感又叫移覺。

術語解釋

通感變形是一種審美活動。作家借用通感的手法對自己捕獲到的形象進行變形處理，產生活潑新奇的藝術效果。有些屬於聽覺的形象，如歌聲、風雨之聲，經過了通感的修辭手法，可以被改變成視覺的形象。有些屬於視覺的形象，如海面、天空的顏色，經過了通感的修辭手法，可以被改變成嗅覺的形象。

如魯彥在散文《聽潮》中，把屬於聽覺形象的聲音轉移為視覺形象的月光、晨霧，又把聽覺形象的聲音喻為味覺形象的芳醇，還把聽覺形象的聲音轉化為觸覺形象的微風：「海在我們腳下沉吟著，詩人一般。那聲音彷彿是朦朧的月光和玫瑰的晨霧那樣溫柔；又像是情人的蜜語那樣芳醇；低低地、輕輕地，像微風拂過琴弦；像落花飄零在水上。」作者把聽覺形象，加上自己的主觀感受，變為視覺、味覺和觸覺的形象，產生更加新奇誘人的效果。

通感變形還可以把意覺形象變形為視覺形象。意覺形象多指抽象虛幻的形象，如愁、思念等，將它們變為視覺形象可使之更加具體可感。這樣的寫法也叫作化虛為實。

如馮至在《蛇》中「我的寂寞是一條蛇，／靜靜地沒有言語」，將意覺形象「寂寞」變為視覺形象「蛇」。魯迅在《記念劉和珍君》中，「我將深味這非人間的濃黑的悲涼」，將意覺形象「悲涼」變為視覺形象「濃黑」的顏色。

用法舉隅

採用通感變形的手法，能使各種感覺相互溝通，調動讀者眾多的感覺器官，溝通人的各部分感官乃至思維意志和情感，在詩歌中創造更加廣泛的世界。

顧城在詩歌《愛我吧，海》中"聲音佈滿／冰川的擦痕"，把聽覺形象的聲音變形成為視覺形象的"擦痕"，把無形的聲音變形成冰川的軀體，奇妙生動，化抽象為具體，化平常為神奇，給讀者創造出一個如臨其境、如聞其聲、如嗅其味的藝術境界，增添了作品意境美的感人力量。

散文作品中也常常使用通感變形的修辭法，採用多感官相通、轉換的方法，對客觀事物進行變形描寫，給讀者帶來一種新鮮、生動、多姿多彩的美的享受。

朱自清的《荷塘月色》中就有膾炙人口的通感變形的佳句："微風過處，送來縷縷清香，彷彿遠處高樓上渺茫的歌聲似的。"嗅覺形象"清香"和聽覺形象"歌聲"被巧妙地混合在一起。作者用歌聲來描寫氣味，把這種氣味獨有的特點賦予在歌聲之中，更能凸顯出歌聲輕柔、飄渺、悠悠迴蕩、感染人心的特點。"塘中的月色並不均勻；但光與影有著和諧的旋律，如梵婀玲上奏著的名曲。"視覺變為聽覺形象。月色的光與影和名曲的優美、悠揚，相互溝通，兩相烘托，彼此突出，營造了溫馨、幽雅的意境。

朱自清在《綠》中這樣描寫："這平鋪著，厚積著的綠，著實可愛……她滑滑的明亮著，像塗了'明油'一般，有雞蛋清那樣軟，那樣嫩……"視覺形象的顏色，在作者筆下竟然有了油膩、軟滑的質感，甚至味覺感受，這正是通感變形的妙用。

備考點睛

　　通感變形和誇張變形的手法有著異曲同工的效用，賦予作品獨特的藝術魅力。作家運用通感變形的手法不僅讓所創造的藝術形象更加美妙，也令自己的藝術風格更加突出。以往的 P2 考卷中，有考題要求考生針對詩歌中通感的替代轉換造成的效果進行論述，其實就是考察考生對詩歌中通感變形手法運用的理解。只要掌握了通感變形、超常搭配一類的術語，考生就可以展開論述，有所發揮。在 P1 的詩歌作品賞析，以及 IO 的口頭演講，HLE 和 EE 的寫作中，都可以根據具體作品從通感變形入手展開對作品風格特色的評析。

讀記歸要

14 超常搭配
Unusual diction

詞語本義

超常，就是超出正常一般的規範而變得不尋常的意思。搭配，指按照適當的標準或者比例，將事物組合裝配在一起。

術語解釋

詞語超常搭配指的是在文學作品中作者根據表達的需要，可以不按照原有的常規將各類不同性質、不同功能的詞語進行組合，構成不同形式的不尋常搭配，讓常規的語言產生變異，從而達到更有效地表情達意的目的。

在漢語中，句子詞彙都是依循一定的語法規則和邏輯關係組織起來的。常規語言最基本的要求就是詞句搭配要合理有序。超常搭配表面上看起來不合理，但是，從文學語言的創造性來講，卻能滿足文學語言的特殊需要，表達出語言所蘊含的特殊含義，使描寫對象更加形象生動，使文學作品獲得一種陌生化、含蓄生動、趣味無窮的藝術效果。

按照語言常規，一般動詞只能和一些固定的名詞搭配構成動賓關係，如，"讀"只能和"書信""文章"等一些看得見、讀得到的實體名詞搭配，否則就是動賓搭配不當。但是，在詩歌寫作中，詩人常常把"讀"這個動詞和一些抽象的名詞進行組合搭配，出現類似"讀你的煩惱和歡喜""讀你千遍不厭倦"等句子。這樣雖然不符合常規的語言要求，但是創造性地使用語言，把可"讀"的範圍變得無限廣闊，令讀者覺得新奇有趣，開掘和拓展了讀者思維想象的空間。

文學創作也是語言的創造。超常搭配是語言創新的一種奇妙方式。經過作家的創造，將詞語創新組合在一起，使詞語的意思在一種更高的層次上體現出來，讓語言的含義變得更加豐富、更加細膩、更加準確，可以給讀者帶來一種新鮮的認知和感受。

語言變形是超常搭配的一種方法，指的是詩詞創作中作者有意突破語言運用的規範，對日常語言進行扭曲、變形、違反常規組合搭配的方法。語言變形體現了作家感受事物新鮮獨特的方式。作家打破傳統語法規則，通過改變詞語或句子的順序、增加或減少句子應有的成分、將句型加以轉化等方式，改變人們習以為常的語言表達方式，給讀者新鮮的語言感覺和新的藝術享受。如，溫庭筠的《商山早行》：「雞聲茅店月，人跡板橋霜。」詩句中只有名詞，沒有動詞，看起來不符合語法規則，但是從詩歌的意象來看，這樣寫能構成詩歌的意境，更具詩歌的味道，給讀者留下廣闊的想象空間。

詞序錯位也是一種超常搭配的方法。採用這種方法，作者可以將正常語序中的句子成分進行置換，從而造成主客顛倒、語義荒謬、滑稽好笑的藝術效果。比如，將一個符合語法規則和邏輯關係的句子「他長得像這隻破箱子一樣」，變成「這隻破箱子長得像他一樣」。這樣一來，陳述與被陳述的關係就被顛倒了，產生出一種喜劇效果，幽默有韻味，給人奇妙的感受和陌生的新鮮感。

用法舉隅

方文山的歌詞常使用詞序錯位的超常搭配的修辭手法。作者把句子的主語、謂語、賓語的詞序加以有意顛倒，改變呆板的句式，改變詩歌的節奏，創造靈活多變的詩歌語言，給詩歌增添美感。

《青花瓷》中「天青色等煙雨」就是一例。「天青色」指的是青花瓷最美麗的顏色，據說這種顏色只有在煙雨天中才能燒製出來，正常的語序應該是：等煙雨天來才有天青色。「天青色等煙雨"將天青色做主語，故意使用了不合常理的語序來表達意思，說明這種等待是多麼的被動、執著，又是多麼的無望。

又如《不能說的秘密》中"我忍住的情緒在很後面"，《菊花台》中"隨風飄散你的模樣"等句子都使用了超常搭配，造成了陌生化的表達效果，形成了作者與眾不同的語言風格。

超常搭配，不僅僅是不符合常規的語法規則，也不符合常規的語義表達。用超常搭配的方法搭配組合出來的詞語句子，往往超出了詞語慣常的意義，違背了事物的一般邏輯，有時候也超出了人們的認知範圍，超出了人們熟悉的詞語原有的感情色彩。

錢鍾書的小說《圍城》中就使用了很多超常搭配的手法，改變了人們熟悉的詞語的意思，給人們一種新的審美感受。例如"而今她身為女博士，反覺得崇高的孤獨，沒有人敢攀上來"。將"孤獨"與"崇高"進行了超常搭配，真實、新鮮、生動。又如"柔佳打個面積一寸見方的大呵欠"。將"呵欠"用"面積一寸見方"來形容，表面上搭配得不合常理，但是卻包含了一些形象細膩的語言含義。可見，超常搭配，可以突出事物內在與外在的特點，可以精確地表述作者的感情，可以讓讀者從不同的角度看待日常事物和現象，可以讓讀者享受語言文字帶來的奇妙美感。

備考點睛

現代詩歌作品具有朦朧奇特、超越尋常的表達特色，賞評此類作品是部分考生的薄弱之處。以往的 P2 考卷中，有要求考生分析詩歌作品看似荒謬的表達比理性的陳述更能有效表達詩人意圖的題目，也有要求考生分析詩人如何將日常語言重新組合產生新意義的題目和詩人使用"了無新意"的口語化語言造成詩歌效果的題目。透徹理解超常搭配對於回應此類題目是不可缺少的。在 P1 的詩歌分析及以詩歌作品為研究對象的 HLE、EE 的寫作中，理解並準確運用超常搭配、詞序錯位、通感變形、誇張變形等術語，有助於深刻理解作品的內涵與意蘊，並展示出個人的賞評水平。

讀記歸要

15 化虛為實

Translate inexplicit meaning into explicit

詞語本義

"實"泛指看得見、摸得到的具體物質。"虛"泛指看不見、摸不到的抽象概念。化虛為實，指的是借用形象具體的事物，表達抽象的情感概念的方法。

術語解釋

化虛為實是一種文學表現手法。實，指的是人們可以把握的客觀現實、具體事物，是作品中被作者詳細描寫，讀者看得見的形象。虛，指的是通過聯想和想象才可能間接獲得的人生哲理和生命體驗，是作品的言外之意。化虛為實就是憑藉詩人的想象力，運用比喻、象徵等方法，用形象表達抽象，將個別的升華為普遍，把相思、相愛等看不見的感情，或人生態度、價值觀念等抽象的概念、哲理，轉化為可見可感的藝術形象進行闡述和表達的藝術手法。

　　詩歌就是化虛為實的藝術。虛實相生才能營造出詩歌的意境。詩歌採用化虛為實的手法來表達情感，可使詩歌表達的情感形象生動可感。在寫景抒情的詩歌裏，詩人把抽象的情理化為一種或多種景物進行描寫，以實生虛、虛實結合。在敘事詩中，詩人把抽象感情與哲理化作一段生動的經歷、故事，予以闡釋表達。在詠物言理的詩歌裏，詩人使用象徵的手法，把深刻的人生哲理，借用具體而生動的形象含蓄地表達出來。

用法舉隅

　　敘事詩常採用化虛為實的手法，把抽象感情與哲理化作一段生動的故事經歷。

　　曾卓的詩歌《有贈》表達“愛”這種無形抽象的情感時，將之轉化為可見可觸的實物，把“愛”“愛的力量”這樣抽象的概念，用具體的意象圖畫展現出來。“愛”成了“一捧水”“一口酒”，“愛”是“窗前的光亮”“默默地凝望”“潔淨的小屋”“舒適的靠椅”“母親般溫存的眼睛”。“愛”有光亮、有溫度，不僅看得見，而且可感、可觸、可飲，生動形象，令人難以忘懷。

託物言志的作品採用虛實相生的手法，通過描寫客觀事物，表明人生的態度和對人生的感悟，寄託傳達作者的感情抱負和志趣，表現別致深厚的哲理，開拓詩歌的意境。

牛漢的《華南虎》通過對老虎的描寫來表達詩歌的言外之意，是虛實相生作品的代表。作品對華南虎被囚禁、被圍觀、遭殘害進行了細緻地刻畫描寫：華南虎有美麗的容貌和強健的形體"斑斕的面孔"和"火焰似的眼睛"，被囚於籠中，遠離了廣袤的山林，失去了家園。一開始，它"背對膽怯而絕望的觀眾，安詳地臥在一個角落"，對觀眾"一概不理"。虎的尾巴"悠悠地在拂動"，不在乎，不懼怕，不求饒，絲毫沒有奴顏媚骨，傲氣十足。虎的腿、爪、牙齒這些最能體現老虎力量的部位，受到最殘酷的摧殘。它充滿戰鬥力的"趾爪"被"活活地鉸掉"，堅強的"牙齒"被"鋼鋸鋸掉"。它囚困在囹圄中，被人"用石塊砸""厲聲呵斥"，"它都一概不理"。牆壁上的血跡說明它不屈不撓地抗爭著。描寫中展示出詩歌的言外之意：人的身體可以被囚禁、被虐待，但是精神不可屈服。頌讚人對自由生命的頑強追求，歌頌人的尊嚴可貴。作品使用擬人、移情的手法，化虛為實，由實生虛，通過可感、可知的形象，生動表達了詩人的情感。

備考點睛

　　化虛為實這個術語對於大多數考生來說並不陌生，分析評論詩歌作品必須掌握化虛為實的文體特點。熟練掌握並能根據作品中的細微之處進行中肯的評析不僅有助於回答 P2 考卷中的相關題目，對完成 P1 詩歌評論寫作也必不可少。以化虛為實的效用來作 HLE 和 EE 的研究論題也是很不錯的選擇。

讀記歸要

16 張力
Tension

詞語本義

　　張力，指物體可以拉長、伸展的彈性和強度。這種拉長、伸展、反彈的力度，以及產生的反作用力就是張力。張力本來是一個物理學的概念，後被引入哲學範疇，主要指兩個事物之間的距離和落差。

術語解釋

　　張力是西方文論中的一個重要概念。西方一些學者認為，真正的美是各種因素，如相互干擾、相互衝突、相互對立、相互排斥等，相互作用綜合平衡的結果。

　　張力指作品中含蓄蘊藉，似是而非、矛盾對立的特點。作品越是具有豐富性和模糊性，也就越具有張力。在同一部文學作品中，如果具有兩種或兩種以上不兼容的元素，互相依存、相互對立，彼此抗衡衝擊，構成比較映襯的關係，雙方對立轉化，矛盾衝突對立統一，就必然構成文學張力。歡樂與憂鬱、悲傷與滑稽等組合在一起，使作品內容具有更深厚的包容量，情感更複雜豐富，意蘊內涵更寬泛含蓄、有彈性。

張力也存在於個別與一般之間，具體與抽象之間，比喻的兩方面、反諷的兩部分之間。讀者在閱讀這樣的作品時，受到不同元素的影響，在多重觀念的影響下產生立體感受，體驗到複雜和豐富的情感。

具有張力的文學作品，在有限的文字空間容納了多種意義，使內容具有多義性，多層面更深入，多向度更廣泛，有利於表達出更深邃的哲理意蘊。作品也因此具有了獨特的審美價值。

為了製造作品的張力效果，作者常常使用隱喻、反諷等多種手法，將相反對立的幾種元素共置於同一個作品中，擴展作品的表達空間，加大作品的彈性和力度，使作品具有豐富性和模糊性。卡夫卡的小說《饑餓藝術家》包含了多重的情感，把痛苦與歡笑、荒謬與平靜、殘忍與柔情並列在一起，是一篇張力效果突出的作品。

用法舉隅

在同一部文學作品中，同時存在著兩種情感的對立與轉換，表現出某種特定的情況下人們的反常心態、言行舉止，就構成了文學張力。如杜甫的《述懷》中"自寄一封書，今已十月後"，不見消息來，"反畏消息來"。"笑"與"悲"，"盼"與"畏"兩種對立的情感並存轉化，形成了反邏輯與合邏輯、反情理與合情理的對立，矛盾衝突的因素並置在一起的現象。而這種反常的心態和言行舉止卻又是合乎邏輯的，更讓人覺得驚心動魄，這就是張力效果。

有矛盾的地方就有張力。詩歌由一系列的意象組合而成，不同的意象之間如果構成了矛盾衝突，就會形成詩歌的張力。如杜甫的《春夜喜雨》中"野徑雲俱黑，江船火獨明"一句。雲黑與火明，兩個意象構成了對立矛盾，兩者對照，彼此輝映，讓詩歌的畫面更豐富，內容更有層次感，營造了詩歌形象生動的意境，構成了詩歌的張力。

詩歌的張力也表現在字詞表面的意思和內涵意思之間的相互矛盾上。

徐志摩的詩歌《偶然》就是一首具有張力的現代詩歌。首先，詩歌的意象"雲"與"波"、"你"與"我"、"黑夜的海上"與"互放的光亮"等之間構成了矛盾對立的關係，使詩歌具有張力。其次，詩歌的題目"偶然"和詩歌中所表達的人生必然之間也構成了矛盾對立的關係，更加突出了詩歌的張力。

在詩歌中，"你"與"我"是一對對立的元素，或是"偶爾投影在你的波心"，或是"相逢在黑夜的海上"，都是注定了要在人生旅途中擦肩而過的，所以"你不必訝異，/ 更無須歡喜"和"你記得也好，/ 最好你忘掉"就構成了兩種矛盾對立的感情態度。相遇與分離，交會時彼此的光芒與分手時的各奔方向，兩種情景對立矛盾，這兩種不同的人生選擇構成了詩歌的張力。不僅如此，詩歌更進一步寫出"你有你的，我有我的，方向"，更加強了詩歌的張力效果。整首詩歌中充滿了對立矛盾的元素，也就具有了各種各樣的張力，產生了蘊含深刻、耐人咀嚼的藝術效果，令讀者回味無窮。

備考點睛

張力是一個運用廣泛的術語，在分析評論詩歌、散文以及小說作品時都可能有所涉及。對於 IO 的演講，HLE 以及 EE 的論文寫作來說，有關作品張力的論述可以是一個不錯的角度，也可以是一個有價值、有分量的話題。

讀記歸要

17 陌生化
De-familiarisation

詞語本義

　　陌生，是事先不知道、沒有聽說過或沒有看見過的意思，也就是生疏、不熟悉。"化"本義是變化，加在名詞後面作為後綴，就有了使成為、使變成的意思。陌生化，就是使一個熟悉的東西變成陌生不熟悉的東西。

術語解釋

　　陌生化是藝術創新的一種方法。在創作中使用各種語言技巧把原來熟悉的變成陌生的，這種方法就叫陌生化。

　　陌生化的目的是改變常見事物的熟悉面貌，讓一些習以為常的事物以相反或生疏的面貌出現。千篇一律、長期不變的事物讓人們感覺疲勞、厭倦。當原本熟悉的事物以陌生的、甚至不認識的面貌出現時，會喚起人們審視這些事物的興趣，打破習慣性的看法，引發關注思考，促使人們對這些現象有更深刻的理解。這就是陌生化的意義。

陌生化能給讀者造成深刻的印象，甚至帶來驚喜感，讓讀者更充分地領略作品中所表達的深刻內容和詩意。陌生化的途徑很多，從語音、語義、語法、審美觀念和表達方式等方面都可以構成文學語言的陌生化，從而形成新鮮、獨特的感受事物的方式。

陌生化是藝術創新的基本途徑，也是必由之路。文學藝術領域中，生死與愛情、正義與邪惡、苦難與幸運都是永恆的主題，千百年來被作家詩人反覆地吟唱，之所以沒有令人感到厭煩，就是陌生化的功勞。陌生化促使文學藝術不斷推陳出新。

用法舉隅

詩歌的創新主要表現在意象和語言的陌生化上。詩人要把人們熟悉的語言表達方式進行不規範的超常搭配，把淺顯明白的詞句變成隱晦難懂的詞句，將意象陌生化、語言陌生化，以此來表達前人沒有表達過的思想和意境。

洛夫的詩歌《子夜讀信》中 "子夜的燈 / 是一條未穿衣裳

的／小河／你的信像一尾魚游來／讀水的溫暖／讀你額上動人的鱗片／讀江河如讀一面鏡／讀鏡中你的笑／如讀泡沫"。河水穿衣裳、書信是一條魚、讀與溫度搭配、笑變成泡沫……奇妙的意象組成了一幅神奇的意境圖畫。這首詩的意象由比喻、象徵、暗示三個層次結合而成。超絕的想象、語言的超常搭配、形象與內涵的巧妙組合，使作品達到了奇妙絕佳的陌生化效果，給讀者全新的審美感受，發人深思。

西西的小說《我城》打破了傳統小說的形式，以保持距離的語言、陌生化的手法，把讀者現實中已習以為常的現象、熟悉以致麻木的生活經驗"還原"為零，以創新的角度去看城中的事物。書中陌生化的例子多不勝數，例如：代表飛機的是"機器鳥"，感冒藥是"漂亮糖""很好吃"，"動物報"代替了馬經，表格被稱為"填字遊戲"等等。作者以童真的眼光，利用童話的語言，讓讀者對這些已成為日常生活一部分的工業文明產物加以重新體驗。陌生化手法不僅引發了讀者的思考，也恰當地表達出作者諷刺與批判的情感。

備考點睛

陌生化這個術語在文學文本和非文學文本中得到了越來越

廣泛的運用。化，就是轉化，將熟悉的慣常的轉化為新鮮的超
常的，正是文學藝術家的藝術追求也是作品存在的價值所在。
在 P1 分析評論詩歌、散文以及小說作品時都可以從這個角度
入手，也可以將此作為可擴、可展、可深入研討論述的一個
HLE 或者 EE 論文的選題。

讀記歸要

18 反覆
Repetition

詞語本義

反覆，指的是為了達到強調、突出的表達效果，有意地把某一詞語或句子多次重複使用的行為。

術語解釋

反覆是一種修辭手法。在寫作中，為了強調某種思想、突出某種感情，或者為了增強節奏感，有意重複使用某些詞語或句子，起到突出強調的作用。使用反覆的修辭手法，可以達到突出作品思想內容，渲染和增強感情表達的作用，還能使作品更富有音樂性與節奏感。

反覆可分為連續反覆和間隔反覆兩種：

1. 連續反覆的詞語之間沒有插入其他的字詞。如柯岩的《周總理，你在哪裏？》中"總理呵，我們的好總理！你就在這裏呵，就在這裏。——在這裏，在這裏，在這裏……"，"在這裏，在這裏，在這裏"，連續反覆，沒有間隔。

2. 間隔反覆中間有其他的詞語。如傅仇的《早晨，好大的霧呵》中"山呵，你在哪兒呀？／山在霧中應著回聲。／樹呀，你在哪兒呀？／樹在霧中應著回聲"，使用句子反覆渲染了作品的情感，使作品更富有音樂性和節奏感。

在具體的寫作中，反覆包括：

1. 詞語反覆，指為凸顯某種感情或行為，連續兩次以上使用同一詞語，達到強調的目的。如魯迅的《記念劉和珍君》中"沉默呵，沉默呵！不在沉默中爆發，就在沉默中滅亡"，重複使用"沉默"一詞，一方面表達了作者對段祺瑞政府的憤怒之情，另一方面也表達了作者對民眾覺醒的期盼之情。

2. 詞組或句子反覆，指為了表達內容或者結構安排的需要，連續兩次或兩次以上使用同一個詞組或句子。如鐵凝的《哦，香雪》中"大山原來是這樣的！月亮原來是這樣的！核桃樹原來是這樣的！香雪走著，就像第一次認出養育她長大成人的山谷"，連續三次反覆"原來是這樣的"，凸顯出香雪的快樂心情。

3. 語段反覆，在詩歌和小說中最為常見。如魯迅的《祝福》中，連續兩次重複以"我真傻，真的"開頭的一大段，表達出祥林嫂喪夫失子後的痛苦心情，也反映了魯鎮上人們對她的冷漠。

疊詞、反覆與複沓是有區別的。請記住：用相同的詞語構成重疊，叫疊詞；用相同的句子構成重複，叫反覆；用相似的結構、相似的段落構成相關內容，叫複沓。

用法舉隅

　　詩歌作品中使用連續反覆和間隔反覆都可以達到抒發強烈的思想感情，增強敘述的條理性和詩歌的旋律美的藝術效果。穆木天的詩歌《雨絲》就是一個很好的例子："一縷一縷的心思，／織進了纖纖的條條的雨絲，／織進了漸漸的朦朧，／織進了微動，微動，微動線線的煙絲"。

　　席慕蓉的詩歌中常常使用詞語反覆的修辭手法，使詩歌具有了一種抒緩深沉的情調，構成了一種獨特的音樂風格，體現出一種草原牧歌的特色。如《高高的騰格里》中這樣寫道："取走了我們的血／取走了我們的骨／取走了我們的森林和湖泊／取走了草原上最後一層的沃土／取走了每一段歷史的真相／取走了每一首歌裏的盼望／還要再來／取走我們男孩開闊的心胸／取走我們女孩光輝燦爛的笑容"。使用反覆的修辭手法，在重複的詞語或句子上突出所要表達的重點，可以達到突出作品思想內容、渲染和增強感情表達的作用。反覆的修辭手法還可以使詩文的格式整齊有序，迴環起伏，充滿語言美。

備考點睛

反覆可直接影響到詩歌的結構形式以及韻律旋律。回應 P2 考題以及 P1 詩歌評論寫作時，考生都不要忽略針對所選作品相關方面進行評述。在 IO 的演講中，也要關注文本中反覆的手法對於呈現全球性話題的效用。

讀記歸要

19 母題
Motif

詞語本義

　　"題"有話題、主題的意思，也指一種觀念、一種程序。母題，是一個文學術語，用來指一種觀念或主題，如英雄母題、神話母題等。

術語解釋

　　母題可以是一個基本名詞，可以是主題、人物、故事情節、敘述程序、意象"原型"，還可以是字句樣式、慣用語。母題是從故事情節中簡化抽離出來的，沒有任何主觀色彩的概念。如戰爭、復仇、忠誠、愛和恨、生和死、人與命運抗爭等都可以成為母題。

母題反覆出現於不同的文本之中，在不同的歷史情境、不同的時空地點，可以以不同面貌重複呈現，具有某種不變的、可以被人識別的結構形式或語言形式。很多故事劇情中都有一個或一個以上相同的劇情重點。例如，英國的《羅密歐與朱麗葉》和中國的《梁山伯與祝英台》，故事情節都是因雙方家庭不贊成，導致有情人雙雙殉情的結局。悲劇愛情就是這兩部文學作品的母題。

母題是構成故事或作品的基本元素。這些元素能在許多故事中獨立存在，不斷複製。母題的種類及數量是有限的，但通過不同的排列組合，能進入各種文學體裁及其他故事之中，構成無數的作品。

在一些作品中，一個母題反覆出現，成為整部作品的線索和脈絡。在另一些作品中，有多個母題，其中一個為核心母題。如莎士比亞的《哈姆雷特》中有復仇、憂鬱、延宕、亂倫、篡位等多個母題。其中，復仇是核心母題，其他母題都是以之為中心而存在的。整部作品的故事情節是根據以復仇為核心的多個母題組合建立起來的。

母題具有國際性，同一個母題有時會重複出現在世界文學的各個角落。比如愛情母題，《羅密歐與朱麗葉》和《梁山伯與祝英台》就是一例；又如英雄母題，西方的綠林好漢和中國的梁山好漢也是一例。此外，成長、親情、友誼、人道等母題也在世界文學作品中反覆出現。

文學母題具有積極意義。文學母題體現了人類文學發展的普遍規律和不同民族共同的審美心理。例如，古代《詩經》中的民俗、德操、人格、時局、家國、身世、愛情、青春、親情、友誼、人道等母題在後來的文學進程中反覆出現，民族精神、文化傳統可以由此不斷傳承。母題也有消極意義。不同時代的作品因襲相同的母題，容易造成題材單一、思維僵化、主題雷同的傾向。例如，武俠小說中尋寶、復仇等母題使作品具有模式化、雷同化的傾向，給人似曾相識的感覺，影響藝術創新。

用法舉隅

母題不是一朝一夕形成的，它具有重複持續的價值。如中國詩歌中的時間母題是在漫長的歷史河流中逐步形成的。中華民族是從農業文明中走出的民族，很重視時間對農業的影響。這種敏感的時間意識滲透到詩歌中，便形成時間母題。中國詩歌中詠春秋的詩歌很多，因為春秋時令能引發詩人感時歎世的情懷。另外，中國古代詩人喜歡用夕陽、殘月、河水、朝露、野草、落葉、古道、荒原、廢墟等意象來表現時間母題。

在中國詩歌中以月亮為意象的作品層出不窮，著名的詩句有李白的"今人不見古時月，今月曾經照古人"；蘇軾的"明月幾時有？把酒問青天"等。月亮作為意象在古代詩歌中被反覆書寫，突出了中國詩歌書寫時間母題的傳承與延續性。

鄉愁是中國詩歌的一個傳統母題。余光中的詩歌沿用了鄉愁母題，又賦予了這個母題時代的意義，豐富了其精神內涵，因此他的《鄉愁》取得了極高的藝術成就。

　　鄉愁和漂泊是兩個相互聯繫的古老而傳統的母題。古代中國有遊子為了仕途功名離開家鄉，渴望早日如願還鄉，懷抱思親鄉愁。現代作家根據自己的經歷，開掘了鄉愁題材。現代社會有遍佈地球各角落的“移民”，為了追求人生的自由奔向異域，渴望建立新的家園，期盼被接納認可。王璞的散文《九龍灣的星星》從新移民的視角看異鄉的風土人情，抒發了一種感念平等相容、不被當做異客的情懷，雖然清淺含蓄，但是無疑具有著非常廣泛的時代社會意義，深化了鄉愁和漂泊母題。

　　“母題”是敘事作品中結合得非常緊密的最小事件，它可以是一個完整的故事獨立存在，也可以與其他故事結合在一起生出新的故事。母題表現了包括民族、國家乃至全人類的集體意識，常常成為一個社會群體的文化標識。

　　《三國演義》的英雄母題就是中華民族集體意識的體現。羅貫中賦予了傳統英雄母題以社會時代內容，從儒家的正統觀念、倫理道德的角度來塑造英雄的形象。小說塑造了眾多英雄群像，可分為武力英雄、智謀英雄、倫理英雄三類。小說中對智謀英雄的描寫最為出彩，如諸葛亮、司馬懿、周瑜、陸遜、呂蒙等。小說在倫理英雄的塑造上體現了民族文化元素，以"仁義"著稱的劉備、義薄雲天的關羽、忠昭日月的諸葛亮等英雄形象突出了中華民族的集體意識。

備考點睛

母題研究對於文學創作、文學欣賞、文學批評有重要的指導意義。從"母題"的角度來解讀文學作品，確定研究論題，撰寫 HLE 或 EE 論文，是一個很好的入手點。如"中國神話的母題研究""'女性出走'的母題研究""余光中詩歌的鄉愁母題研究"等，都可以是很好的論文研究的專題。

讀記歸要

散文賞評常用術語

20 反語
Antiphrasis

詞語本義

"反"有翻轉、顛倒的意思。"語"指語言、語句。反語，又稱倒反、反說、反辭等，即通常所說的"說反話"，用相反的詞語來表達意思。

術語解釋

反語用與本意相反的詞句表達意思，用相反的詞義表達情感，造成字面意思和所表達的實際意思相反的效果，以此增強幽默感和諷刺性，是一種帶有強烈感情色彩的修辭方法。

反語法包括正話反說、反話正說兩類：

1. 正話反說：字面詞語意思是正面的，表達出的卻是負面意思，又叫褒詞貶用。比如，"你可真是太好了，這種事情都肯做！""好"本是褒義詞，但用來指責或挖苦人就成了正話反說。正話反說，也可以叫作嘲諷反語。話是正著說的，但表達出的意思卻是反面的。如，魯迅的《藤野先生》中："問問精通時事的人，答道，'那是在學跳舞。'""精通時事"就是一個反語，諷刺的是留學生不學無術、荒廢光陰。作者故意用與原意相反的詞語來表達與自己本意相反的意思，表現出對留學生行為的不滿、嘲弄以及諷刺。

2. 反話正說：字面詞語是負面意思，表達出的卻是相反的正面意思，又叫貶詞褒用。比如，"你真是煩人，給我買這麼多東西！""煩人"本是貶義詞，但是在親暱的人面前，用這個詞可以表示喜愛的情感，表達的是正面的意思。這種反話正說，也可以叫作喜愛反語。話是反著說的，但所表達的意思卻是正面的。如，孫犁的《荷花淀》中"幾個女人有點失望，也有些傷心，各人在心裏罵著自己的狠心賊"。"狠心賊"指"最可親可愛的丈夫"，這個反語表現幾個女人因為沒有找到日夜思念的丈夫而失望惱怒的心情。因愛而罵，表面罵，心裏愛，反話正說。類似的喜愛反語使文章的語氣生動活潑，富有情趣。親切幽默的反語在日常生活經常使用。如，看到朋友越來越胖了，人們開玩笑時可能會幽默地說："啊，你怎麼越來越苗條了！"製造幽默搞笑的效果。

在一定條件下，反語的正話反說比正話正說更有力量，能產生特殊的表達效果。以說反話的方式、用與本意相反的詞語或句子表達本意，既可以表示親密友好的感情，也可以表示諷刺、揭露和批判。巧妙地使用反語法，可以增加文章的含蓄美，含蓄地表達出或讚美或諷刺的意味，增強文章的趣味性。

值得注意的是，反語多數是用來表示諷刺嘲弄的，含有否定、嘲弄以及諷刺的意思。如，夏衍的《包身工》中"有幾個'慈祥'的老闆到菜場去收集一些菜葉，用鹽一浸，這就是她們難得的佳餚"。"慈祥"和"佳餚"本是褒詞，此處卻用來諷刺狠心的老闆口如蜜糖、虐待工人，具有嘲弄諷刺的貶義。

用法舉隅

反語，就是說反話。運用反語，可以引人深思，表現出強烈的諷刺意味，增加文章的情感色彩。胡適的《差不多先生傳》中把差不多先生毫無意義的話稱作"格言"，把一事無成的差不多先生譽為"一位有德行的人"，把普通的差不多先生奉為"圓通大師"等。這種實質與美稱的極度反差，突出了差不多先生蒼白、猥瑣、無能的性格，寫出了他下場的可笑和可悲。

文章採用反語法，正話反說，目的是指出做事馬虎、敷衍塞責、是非不分是相當多的中國人的通病，諷刺批判了這種造成嚴重消極影響，具有深遠反面效果的社會現象。

劉亮程的散文作品《我改變的事物》採用反語中的反話正說手法，將貶詞褒用，用一些表示無聊、微小、輕賤的詞語，來表達積極、重大、可貴的意思。文章的第一段作者就用了很多具有貶義的詞語來描繪自己“像個無事的人”“閒轉”，“是個毫無目的的人”“轉悠”等等，刻畫出一個平凡普通的村民形象，用一種自嘲幽默的語氣語調描繪人物在日復一日的生活中，做著不起眼的、被人輕視的事情。直到文章的最後，作者才改變口吻，自豪地宣稱自己知道自己改變了周圍的世界，自己的人生是有價值和意義的。

採用反語的手法，作者對自己的言行進行了誇張描寫，突出了其平凡與普通之處，從而造成了先抑後揚的藝術效果，為後面的內容進行了很好的鋪墊。從內容上看，反話正說正是因為作者具有充分的自信而故意貶低，表面貶低否定，心裏稱頌肯定。作者越是在文章的前面強調自己的渺小、微不足道、無足輕重，就越是能在文章的後面突出自己的不凡、偉大和重要。與此同時，反話正說使文章的語氣生動活潑、富有情趣、親切幽默，從而構成作品情趣盎然、風趣誘人、幽默搞笑的風格特色，恰如其分地表達出作者樂觀自信的人生態度。

備考點睛

　　分析散文作品怎樣運用修辭手法表達作者的情感態度是評論寫作的重要內容。IO 演講中，無論選擇了文學文本還是非文學文本或視覺文本，從反語的角度分析文本特點可對所選擇的全球性話題進行更精確闡述。在 P1 和 P2 寫作中也要注意相關的內容。HLE 或者 EE 的論文寫作可針對文本中反語手法的特殊效用展開論述，挖掘作品內在的深刻寓意。

讀記歸要

21 反諷
Irony

詞語本義

　　"反"有相反、反向、顛倒的意思，可以引申為佯裝、歪曲的意思。"諷"指諷刺、譏諷，就是以婉言隱語譏笑諷刺的意思。

術語解釋

　　反諷一詞源於希臘文，最初是指希臘戲劇中一種角色類型——"佯作無知者"，這種人在自以為高明的人面前假裝無知，盡說傻話，讓高明者出洋相。後來反諷演變成了一種用曲折含蓄、語意相反的話語達到嘲諷目的的修辭手法。

　　反諷是進行諷刺的語言技巧。反諷的意思是說此指彼，言非所指，或者是正話反說。如對一個處處倒霉的人說："你的運氣未免太好了！"就是對他的反諷。反諷，利用詞語表面的意思和詞語所蘊含的意思之間的錯位、落差和對立，造成言外之意、弦外之音的效果。由於字面意思和內在意思相反，可以形成一種言此意彼、言輕意重、明褒暗貶的情況，讓文章的語言變得奇特和新鮮，又能巧妙地達到諷刺與批判的藝術效果。

反諷與反語不能等同。反諷只用於諷刺批判，不表示喜愛親暱。而反語包括了反諷——憎惡諷刺挖苦，和非反諷——喜愛幽默戲弄兩類。喜愛幽默戲弄性的反語貶詞褒用，把一些壞的字眼用在自己喜愛的事物上，表示自己的親暱、喜愛和戲謔。如泰戈爾的《金色花》中"你到哪裏去了，你這壞孩子？"從字面上看，"壞"是責罵的意思，但此處母親用這個詞表示一種特別疼愛親密的感情。

用法舉隅

王力的散文《燈》描寫了自己在抗日戰爭時期的一段生活經歷，給讀者展示了一幅當時中國國力積弱不振、民眾生計困窘的時代畫卷。作者飽含睿智地採用了反諷手法，對當時生活中的荒謬和苦難做出了形象的描繪。文章通篇以燈為描寫對象，表達了自己的情感。"五年前，為有避免空襲的危險，我住在鄉下，於是點煤油燈。後來因為煤油太貴了，買不起，於是點菜油燈。”戰爭給當時人們的日常生活帶來了危險與貧困，本是一個沉重心酸的話題，但是在作者筆下變成了風趣的調侃。作者開玩笑般寫道：“電燈哪裏比得上菜油燈有詩意呢？……電燈能有這種美妙的境界嗎？”明顯的正話反說，隱含著強烈失望的情緒。說完了菜油燈，作者又寫了電燈的不盡人意，無法正常使用：“抗戰後的第一年，我住在靠近粵漢路的某城，那裏的電燈才真有詩意呢！”菜油燈如此，電燈也如此，人們生活的不便可想而知。作者對此沒有進行言辭激烈的批判，沒有表現自己的憤慨，而是採用了反諷的手法，用看似輕鬆有趣的口吻語氣、意味深長的調侃敘述、嬉笑誇張的語調、似褒實貶的言辭，在字面的意思中深藏著人生的沉重艱難、辛酸苦澀，形成了作品幽默風趣的風格，給讀者增添了一種閱讀的快感，同時令讀者掩卷深思。

白墨的散文《蒼蠅》運用了反諷的手法，對社會上如蒼蠅般自私自利的人以及禍害他人的現象進行了無情的批判。

在作品的開首，作者開門見山地說自己“羨慕蒼蠅，佩服蒼蠅”的“福氣”和“本領”。作者故意使用欣賞蒼蠅的口吻發表議論，不僅構成了文章幽默的風格特色，同時也增強了諷刺批判的力量。作者字面上讚美蒼蠅，實際上是正話反說，表達對蒼蠅恬不知恥、驅之不走、骯髒污穢的煩厭。

反諷，突出了作者對蒼蠅的厭惡到了無以復加的程度，表達出作者強烈的愛憎之情。作者表面讚美蒼蠅有著"隨'寓'而安的本領"和"'明哲保身'的長處"，實際上卻是諷刺和挖苦蒼蠅的可鄙行徑。這裏蒼蠅有著鮮明的象徵寓意，象徵著社會上和蒼蠅一樣，對人類有百害無一利的人。作者以蒼蠅來寫人，將情感表達得淋漓盡致，使文章具有更加廣泛和深刻的社會意義。

　　文章運用反諷手法進行諷刺批判，在輕鬆的語調中顯示出犀利深沉的含義。反諷的運用，比正面的批判更深刻有力地揭示了事物的荒謬性。文章以貌似讚賞的口吻進行嘲諷和諷刺，幽默風趣，使讀者常常忍俊不住，讀起來趣味盎然。

　　狄更斯的小說《遠大前程》中使用反語構成反諷，運用嘲弄、譏諷、挖苦、譴責、批判、否定、幽默、暗示、親暱、憐愛、喜歡等不同情感意味的詞語，巧妙地強化和突出了作者的真實意圖。如，書名《遠大前程》就是一個反諷。再如，皮普從小就捱姐姐的巴掌，而姐姐整天說皮普是自己"一手帶大"的，也是一個反諷。讀者可以在含淚的笑聲中深刻地領會到作品嚴肅的批判精神。

散文賞評常用術語

備考點晴

掌握 "反諷" 的術語，不僅僅有助於完成 P1、P2 文章寫作，在 IO 講評中也是一個值得重點分析的語言技巧。HLE 和 EE 選題時可從這個方面考慮。從這個角度分析評論文學藝術、影視廣告等作品都不失為一個好的切入點。

讀記歸要

反諷

22 氣韻生動
Vivid artistic conception

詞語本義

"氣"指沒有形狀的氣體，是能自由散佈的物質，也指人的吐納呼吸之氣。"韻"指漢字的語音，也指節奏和韻律構成的韻味。

術語解釋

氣韻生動本是品評中國畫創作成就高低的專業術語，指中國畫繪出的人與物，不但要逼真形似，更要有內在神氣韻味、精神風貌，還要能表現出畫家個人的風格特色。

氣韻生動，作為一個文學術語，指文學作品所具有的意境或韻味。在文學作品中，作家通過採用獨到的表現手法，融入自己的情感思想，生動逼真地描繪人物、事物、場景，使人物、事物、場景構成一種虛實相生、意象結合、趣味生動、聲色靈動、活靈活現、情景交融的意境，達到展示精神氣質、昭示人生哲理的目的，令欣賞者思想受到感染而產生共鳴。這樣的作品就稱得上是氣韻生動。

要達到氣韻生動的境界，需要滿足三個基本條件：其一，文學作品中所描述出的形象要形似，要寫出形象的外在和內在的特徵與美。其二，文學作品中所描述出的形象要神似，要寫出形象的活力韻律、精神氣質。形神兼備是氣韻生動的基本條件。其三，在前兩者的基礎上，要表現出作家對形象獨特的觀察感知、思考見解，以及特殊的表達方式。從這個形象上，讀者可以看到作家個人的詮釋創造，感受到作家的思想情緒及獨特風格。

用法舉隅

李木馬的散文《木匠房》中，對木匠房的描寫堪稱氣韻生動。作品開頭第一段就從一個孩子的視角對記憶中木匠房裏的景物，特別是工具，進行了生動細緻的描摹，不但逼真形似，更有內在神氣和韻味，還表現出了作家個人的風格特色和精神風貌。

作者採用了擬人的手法，綜合運用視覺、聽覺、嗅覺、觸覺等感官，結合比喻、細描等多種修辭技巧，去發現、體會木匠房裏的一切樂趣，為每一個物體注入了鮮活的生命。這些工具在奔跑、在親吻、在啃咬，它們不是木匠房裏的陳設，而是木匠房裏的主人。這樣的描寫，逼真生動、活靈活現，充滿了童趣和想象，給讀者身臨其境之感。

作者對木匠房的描寫注入了個人充沛濃厚的感情，描繪出一個充滿樂趣的生活空間，營造出一個歡樂的藝術境界，讓讀者親近、喜愛、神往，從而牽動了讀者的情感。這樣的描寫，顯然不是客觀靜止的描寫，而是融入了作者自己獨特的生活感受和生命體驗。作者筆下"不知它的胳膊酸不酸"的關注與猜想，"父親乜斜的眸光"的映照的記憶，都融入了作者童年時期特有的純真與爛漫。可以說，這個木匠房、這些活躍的工具是作者塑造的獨特藝術形象，也是作者生命的組成部分。

作者以排比、擬人、比喻等多種修辭手段，將靜物描繪成動態的活物，賦予了工具人格的魅力，把一個普通的木匠工作間描繪得情趣盎然、生機勃勃。作者把對木匠房的喜愛、木匠房的趣味，融入自己的情趣，進而升華為一種精神的境界，闡發出啟人深省的理趣。字裏行間洋溢著一股樂觀、堅定向上的生活氣息，迴蕩著濃烈的對父母、對人生、對勞動創造生活的讚美與熱愛。

這樣的描寫不僅形似，更加神似，注入了作者強烈的情感，體現了作者獨特的觀察見解與表達方式。這三方面的結合，產生了氣韻生動的藝術效果。

備考點睛

　　"氣韻生動"是散文成功的一個標誌。評論一部作品如何達到了"氣韻生動"的境界並不簡單。以往的 P2 考卷中，有題目要求考生針對散文作品"氣韻生動"的特點進行分析評論。在閱讀分析作品時，要理清這個術語包含的不同層次內容，結合具體作品的形式與內容、表現手法與風格等多方面，才能作出中肯貼切的分析。

讀記歸要

23 欲揚先抑
Praise after criticism

詞語本義

　　"揚"有向上高舉、播撒、揮動的意思，也用作褒義的稱頌、傳揚。"抑"有向下壓低、抑制、控制的意思，也用作貶義的貶低、嘲諷。欲揚先抑，意思是為了達到褒揚、抬高的目的，先進行控制、壓抑和貶低。

術語解釋

　　欲揚先抑也叫先抑後揚，是一種常見的寫作手法。指在描寫人、事、景、物的文章中，為了達到肯定、讚揚、歌頌的目的，故意先從相反的貶抑處落筆，用貶低、嘲諷的態度盡力否定、嘲笑、挖苦，凸顯其不如人意之處，然後筆鋒一轉，再進行稱頌、褒揚。這種先寫壞的後寫好的，形成鮮明對比，造成曲折多變、引人入勝效果的手法就是先抑後揚。

"揚"和"抑"，在寫作中都是一種強調手段。"抑"在先，起的是襯墊作用；"揚"在後，是要達到的目的。兩者相輔相成，"抑"為過程手段，"揚"為最終結果。文章中先抑部分的描寫，能起到對後文的襯墊作用。

如茅盾的《白楊禮讚》，為了突出對白楊樹的讚美歌頌，故意在一開始先對它的生長環境進行"抑"的描寫，寫黃土高原的"單調"，使人懨懨欲睡，讓人有一種失望的情緒。接著筆鋒一轉，寫突然看到挺拔的白楊，使人精神為之一振，這就達到了"揚"的目的，凸顯出白楊樹逆勢而生，讚美它生命力頑強的不凡之處。

再如魯迅的《阿長與山海經》為了突出阿長媽媽的善良與淳樸，表達自己對這個保姆的敬愛之情，也使用了先抑後揚的手法。文章開始作者採用了"抑"的描寫，寫出阿長種種不可愛之處。當讀者對阿長的情感達到了失望之極的時候，作者突然筆鋒一轉，濃墨重彩地描寫了她買回了《山海經》的情景，突出了人物的可愛之處，表達了自己的敬佩之情，由此完成了對阿長的形象塑造，抒發了自己對人物的深情讚揚，達到了感人至深的效果。

欲揚先抑的方法因為展示出人、事、景、物前後的變化，而造就了作品情感的波瀾起伏；因為展示出鮮明的對比，而突出了所描寫對象的鮮明特徵。先抑後揚能很好地調動讀者的情感參與，製造出吸引人的懸念效果，使讀者在閱讀過程中恍然大悟，對人、事、景、物產生更加深刻的印象。

用法舉隅

　　梁實秋的散文《我的一位國文老師》用欲揚先抑的手法描寫了一個獨特的老師形象。

　　文章的目的是要褒揚自己的國文老師，可開頭作者不惜筆墨，連用幾段篇幅來寫老師的缺陷。可怕的綽號：老師外號是"徐老虎"，說明他給人兇狠的印象。難看醜陋的相貌：腦袋"有棱有角"；"頭很尖，禿禿的，亮亮的"；"臉形卻是方方的，扁扁的"；"鼻子眼睛嘴好像是過分地集中在臉上很小的一塊區域裏"。古怪的行為習慣："他的身材高大，但是兩肩總是聳得高高的"；"鼻孔裏藏著兩筒清水鼻涕，不時地吸溜著"；"他常穿的是一件灰布長袍"，袍子上"油漬斑斑"；"他經常是仰著頭，邁著八字步，兩眼望青天，嘴撇得瓢兒似的"。這一切都和教師的形象大不相符。梁實秋描寫細膩，把人物貶抑到最低處，然後筆鋒一轉，才寫出了老師的文采出眾、本領高強、教學負責、愛護學生等過人之處。

　　開頭的抑是為了襯托後面的揚。前面看似貶損其實並無惡意，作者通過這些富有個性特徵的描寫，突出了國文老師的有趣和可愛，同時也為下文寫老師的認真、敬業、愛學生做好了充分的襯墊，讓老師的形象形成外在醜和內在美的反向襯托，突出人物的美好與獨特。欲揚先抑，似貶實褒，突出了人物的鮮明個性，寫出了一個與眾不同的好教師形象。

何海峰的《家庭作業》是一篇隨筆散文，針對大家熟悉的"家庭作業"，採用了先抑後揚的手法，以小見大，表達了自己對生活的思考和成長的感悟。

作者先突出家庭作業的可怕與可惡，將誇張、比喻、多感官描寫等多種修辭技巧相結合，描寫出家庭作業是"夢魘"，是"緊箍咒"，是對人無情的"轟炸"，不僅僅造成身體上的痛苦，還摧殘了人們的精神，成了讓人們"談虎色變"的災難，不能不激起讀者恐懼及討厭的感受。接著作者用反問"然而，家庭作業對於我們每一個過來人，僅僅只是一種身心的摧殘嗎？"及"真的有這麼不堪嗎？"引起讀者的注意，同時將文章的意思來了一個根本的轉折。隨後作者使用排比句和設問句，從正面闡述了家庭作業所具有的真實積極的意義，指出了家庭作業對於培養學生長大後做事態度及積累未來生活需要知識的必要性與重要性，明確指出這是一個人成長過程中必不可少的重要內容。

文章先抑後揚，從貶低處起筆，激發人們的記憶感受，然後展開辯論，突出其好處與積極的作用，引發讀者的深思反省。文章以小見大告誡人們，應該發揚做"作業"的精神，讓自己的每一天都有所收穫，有所進步，這樣才能令生活更充實，才能不虛度光陰。

備考點睛

　　反語、反諷、先抑後揚等手法都能恰到好處地表現出作者觀察生活、表現生活的機智所在。欲揚先抑是散文中常用的藝術手法，曾有考卷出現過要求討論散文中"機智"的特殊功能的題目，考生可以結合作品的選材佈局、修辭手法來回應。此外，欲揚先抑在小說、詩歌、戲劇等文學作品以及視覺文本等非文學作品中都會被用來增強表達的效果。在 IO 講評、P1 和 P2 以及 HLE 或 EE 寫作中，考生不但可以針對相關的手法進行評論，甚至可以把這個手法運用在自己的講述或書寫中，有助於突出生動地表達自己的觀點和見解。

讀記歸要

24 襯托
Serve as a foil

詞語本義

"襯"有陪襯、襯托、映襯的意思。"托"有鋪墊、烘托的意思。襯托，指為了使事物突出，特意使用另外一些事物加以搭配，通過陪襯或對照來突出事物的特色。

術語解釋

襯托是文學作品中一種廣泛使用的藝術表現手法。為了突出主要事物，需要用次要事物來襯托，也就是"紅花配綠葉，烘雲為托月"的意思。

襯托指利用个同事物相似或者相反的特點，達到突出所要描寫事物的目的。襯托的本體是主要描寫的對象，襯體是用作陪襯的次要事物。使用襯托的手法，就是拿類似的事物或反面的、有差別的事物做襯體來陪襯，從而突出描寫對象本體，形成鮮明的比照的藝術效果。

襯托有正襯和反襯兩種形式：

1. 正襯：用類似的事物做襯體，從正面陪襯主體。正襯中，被襯托的主要事物和陪襯的次要事物性質相同，或者具有共同的方向。作品中經常用美好的景物來正面襯托英俊美好的人物形象，用荒涼的景物和氣氛來襯托悲傷的情緒。如，春天的生機勃勃可以襯托青年人的朝氣。

2. 反襯：用相反、有差別或對立的事物做襯體，從反面陪襯主體的事物。反襯中，被襯托的主要事物和陪襯的次要事物的性質相反或相對，或者具有不同的方向。常見的反襯有以動襯靜、以樂襯哀、以小襯大、以醜襯美、以弱襯強。如，杜甫的《春夜喜雨》中"野徑雲俱黑，江船火獨明"，以江船上的一點燈火之明，來反襯出整個夜幕的黑暗。

襯托與對比不同，兩者的區別主要在於四個方面：其一，襯托有主次之分，本體為主，襯體為次；而對比雙方不分主次，並列存在。其二，襯托是不同的事物相互襯托，涉及兩種事物；而對比可以涉及兩種不同的事物，也可以只在同一個事物的不同方面進行對比。其三，襯托是為了突出事物的特點，不存在比較的意義；而對比是為了比較，是為了說明更好或者更壞的結果。其四，對比常用於說明，如"朱門酒肉臭，路有凍死骨"，"蘇州園林是美術畫，不是圖案畫"；而襯托常用於描寫，如"上有天堂，下有蘇杭"，"高粱高似竹，遍地參差綠"。

用法舉隅

　　正襯和反襯都可以採用以景襯景、以景襯人、以景襯情、以人襯人。無論是哪一種襯托都是以次襯主，達到使主體的特徵更加突出鮮明的目的。

　　詩歌中，經常使用襯托的手法表達情感。李白的《贈汪倫》中"桃花潭水深千尺，不及汪倫送我情"，以桃花潭水深的程度從正面來襯托作者跟汪倫友情深厚的程度。而王維的名句"蟬噪林逾靜，鳥鳴山更幽"則用蟲鳥的叫聲反襯出山林的幽靜。

　　王統照的《青紗帳》是一篇描寫高粱的散文。為了突出高粱的特點，作者使用了襯托的手法。作者先用幾種北方的農作物來襯托高粱，"它不象黃雲般的麥穗那麼輕裊，也不是穀子穗垂頭委瑣的神氣，高高獨立，昂首在毒日的灼熱之下，周身碧綠，滿佈著新鮮的生機"。作者使用了反襯的手法，將高粱與麥穗、穀穗放在一起，以輕盈襯托堅實，以柔軟襯托剛強，以猥瑣襯托挺拔，以萎靡無神襯托昂揚的生機。

　　接著，文章還引用了一首詩作："高粱高似竹，遍地參差綠。粒粒珊瑚珠，節節琅玕玉。"在詩中作者用了正襯的手法，以竹子來正面襯托高粱的枝幹，用珊瑚珠子來正面襯托高

襯
托

109

梁的果實，展示出高粱艷麗的色彩，突出描繪了高粱挺拔秀麗的姿態，表達了對高粱的喜愛之情。

備考點睛

"襯托"手法不僅在文學與非文學等文字文本中經常出現，還是非文字文本如圖畫、音頻、視頻等多模態作品中被廣泛應用的手法。分析評論作者為何選用這種手法、如何達到突出主題意蘊的效果，是 P1 和 P2 寫作中應該分析的內容。在 IO 講評，以及 HLE 或 EE 論文寫作中，也都有機會涉及這個方面的話題，所以考生要熟練掌握這個術語。

讀記歸要

25 渲染烘托
Embellish background in order to highlight central images

詞語本義

渲染和烘托是指中國畫為了達到令物像更加突出鮮明的效果，故意用水墨色彩點染所繪之物的輪廓外部，增加畫面效果的一種畫法。

術語解釋

渲染烘托是中國畫的技法，指繪畫時先從側面入手進行描畫，用水墨或色彩勾勒出畫面的背景，從而使主要事物鮮明突出。文學藝術作品中常常以景物烘托人、以人烘托人、以物烘托物。

作為文學寫作手法，渲染主要指用景物描寫來渲染情緒、營造氣氛，達到烘托情感的目的。在文學作品中，作者常用環境描寫來渲染特定的氣氛，將讀者引入特定的情境中去。烘托，指為了要給出場的角色搭建舞台背景、做好鋪墊，使之出場時能產生令人驚艷的效果，所以要先側面、間接描寫周圍的人物或環境，再突出主要的描寫對象。通過烘托可以吸引讀者注意力，造成先聲奪人的藝術效果。

使用渲染烘托的手法，不直接對主要人物或事物進行描寫，而是先從側面入手，用襯托和誇張的藝術手法，對背景、相關的人或事物加以描繪，通過對人物的外形、行為、心理、語言或事件、環境、景物等做多方面的描寫，利用反差對比的搭配使主要形象更加鮮明，使文章產生含蓄蘊藉、曲折生動的藝術效果。

用法舉隅

眾所周知，繪畫作品如果只畫出人物的衣著、姿態、表情很難突出人物形象，但如果畫出了人物的背景環境就有助於人物變得鮮活生動。在散文作品中運用烘托法正是為了讓人物躍然紙上，產生更加突出的藝術效果。魯迅的散文《藤野先生》是一篇運用渲染烘托手法的典範之作。

《藤野先生》的文章開頭藤野先生沒有出場，讀者先看到的是"清國留學生"賞櫻花、學跳舞的場面，接著讀者看到的是作者從東京到仙台的經歷和感受。可以說，文章一半以上篇幅中都沒有寫藤野先生，而是寫了其他內容。這些內容和藤野先生有什麼關係呢？

待仔細觀看分析後才發現，作者寫留學生的醉生夢死，寫弱國子民的辛酸感受，寫日本"愛國青年"的狹隘，寫看電影圍觀者的麻木，其實是在寫一個大的時代社會背景，是寫藤野先生活動的背景。正是在這樣的背景烘托之下，才更顯出藤野先生正直熱誠、治學嚴謹、沒有狹隘民族偏見的高尚品質。正是因為背景的黑暗，才顯出藤野先生人格的光明。

可見，恰當地運用渲染烘托手法，使藤野先生的形象更加突出，使作者的情感表達更加強烈，使這篇文章產生了深遠的影響。

散文作品經常採用自然景物的渲染來營造作品的環境氣氛，突出人物形象、加強藝術效果。

臧克家的《老哥哥》中開頭的自然景物描寫，就渲染烘托了一種孤寂淒涼的環境氣氛，形象地展現了人物心頭無可解脫的愁苦之情。作者描寫了深秋時光，蟋蟀在夜中鳴叫，涼風、月光穿窗而入，沁人心脾的景色。"涼風""明光"的意象，體現出作者的情緒及感受，刻畫出典型的景物，活化了人物生活的背景，以此渲染出特定情緒，營造了時空背景，為後面的描寫做好了充分的鋪墊。

　　閱讀散文時，要善於根據具體的詞語、描寫的細節來分析判斷作品的內容與情感。

備考點睛

　　烘托和襯托不一樣，但是使用類似的手法都能產生讓讀者在閱讀之後"恍然大悟"，更加明白的閱讀效果。文學作品常常在塑造人物、深化主題、營造特殊氣氛以達到別致效果時運用這個手法。無論是分析文學作品如小說、詩歌等，還是圖畫、廣告等，考生都可以結合伏筆、懸念、襯托以及烘托渲染、先抑後揚等手法展開論述，從細微處入手，考察作品的整體特點。

讀記歸要

26 託物言志
Use image of an object to express ideas

詞語本義

　　"託"有委任、假託的意思。"言"有表達的意思。託物言志，就是以一件或幾件物體為主要的描寫對象，透過對物體的描寫和刻畫來寄託作者的情感，表達作者的願望志向。

術語解釋

　　託物言志作為一種文學表現手法，指通過描寫具體的事物來象徵某種精神、品格和思想，傳達作者的某種感情、抱負和志向，揭示作品的主旨。

　　託物言志的"物"非常廣泛，包括自然界的植物、動物以及人類社會日常生活中的用品、食品等。託物言志，利用物與人的志向、物與人的感情之間的內在聯繫來做文章。作者常用比喻、擬人、象徵等手法，描摹客觀事物某一方面的特徵，用以比擬或象徵某種精神、品格、思想。如，用蠟燭來表示無私偉大的奉獻精神，因為它具有燃燒自己的特點；用蓮花來表示純潔高貴的氣質，因為它具有出淤泥而不染的特點。

在託物言志的作品中，對物的描寫包括了幾個層面：

1. 突出物的逼真形態：原型原貌實物實寫地描繪，細膩真切，給人真實生動、有情有趣的感受。

2. 突出寄託的情感志向：作者筆下的物不是普通的物，是具有作者特殊情感的藝術形象，和作者的個人經歷感受密切聯繫。要寫出作者的主觀感情體驗，達到抒情言志的目的。

3. 寫出蘊含的象徵寓意：藉助對物的描寫來表現它的深層象徵意義。可以將物人格化，把物當作一種人來描寫，寫出一種人格品質；也可以把物和人生哲理聯繫在一起，借物寓理、借物明理，借寫物升華出哲理蘊含。

用法舉隅

自然界的萬事萬物不僅能激發人的情感，更會引發人對社會、人生、宇宙、生命的智性體驗與哲理思考，讓人們得到啟發和感悟。託物言志是藉助所描寫的物的特徵和想要表達的思想看法之間的聯繫或相通之處，把自己的志趣思想寄託在物的身上，通過對物的記敘描寫，傳達作者的某種抱負志趣，表達深刻的哲理。

陸蠡是一位有自己獨特風格的散文家。在民族危機日益嚴重的關頭，他關注中華民族的命運，表現了崇高的民族氣節。抗戰爆發後，陸蠡寫下了託物言志的名篇《囚綠記》。

《囚綠記》構思巧妙，描述了北平舊寓裏一枝常青藤"永遠向著陽光生長"的習性，歌頌了永不屈服於黑暗的囚人"綠色"。作者從綠色的特徵看到了人的精神、品格、性情、風貌。作者託物言志，將主觀思想感情客觀化、物象化，使作品情景相生，抒發了自己對象徵著生命與自由的綠色深沉的思考，深情委婉而又充滿浩氣。陸蠡死於日本侵略者的牢中，用年輕的生命張揚了永不屈服於黑暗的常青藤精神。

詠物類詩歌採用象徵的手法開拓詩歌的意境，表現別致而深厚的哲理寓意，託物言志，通過描寫客觀事物，表明作者的人生態度和感悟，寄託作者的某種感情、抱負和志趣。

毛澤東的《卜算子·詠梅》，就是一首詠梅言志的傑作。作品採用象徵的手法，把梅花擬作人來寫，寫出了梅花亭亭玉立的美麗，積極堅貞的雄心傲骨，及樂觀向上、敢於迎接困難，對春天的到來充滿信心的象徵寓意。詩詠物、更喻人。"待到山花爛漫時，她在叢中笑"一句，歌頌了革命者大無畏的情懷和氣概。有了這人格化的升華，物與人獲得統一，詩歌具有了雋永的韻味。

備考點睛

"託物言志"的手法不僅僅是中國古典詩詞文賦中具有代表性的手法，也是現當代文學作品中表達情志常用的藝術手法。要想真正理解這個術語，並靈活運用在對各類作品的分析評論中，考生就要熟悉此類作品的特點，理解和感悟作者們如何借用描寫的事物來形象地表達自己的意志與情感，如何將不可見的情緒外移於可見的事物之中。考生可以將"託物言志"與"借景抒情"進行比較學習，對此手法更易掌握。

讀記歸要

27 借景抒情
Express emotions through depictions of natural scenery

詞語本義

　　借景抒情，就是借對自然景物的描寫抒發作者內心的情感。借景抒情也特指一種散文類別，這類文章的主要內容是描寫自然景物，在描寫中融入作者對生命、歷史的感慨情懷。

術語解釋

　　借景抒情也稱寓情於景，是指作者帶著強烈的主觀感情去描寫客觀景物，把自我感情寄寓在景物中抒發出來的一種表現手法。

　　借景抒情的特點是情景交融，在描繪的景物中滲透作者的情感，寓情於景，使情和景互相感應交融，互相依託，令文章含而不露、意蘊深厚、情真意濃、感人至深。

借景抒情對景的描寫包括了幾個層面：首先，要把景物描寫得逼真傳神，為抒情打好基礎。其次，要把真切的感受融入所寫的景物之中，使景物浸潤著濃厚的感情蘊含。再次，要把重點放在抒情上，為抒情而寫景，寫景是次，抒情是主，寫景是手段，抒情是目的。

中國古人崇尚"天人合一"，認為外部自然世界的風雲變幻、花開花落、日月輪迴等都能引起人的生命感受，在自然景物和人的情感上構成了心物相感與情景交融的關係。借景抒情的表達方式反映了中國文化的這種獨特觀念。

在現代文學作品中，自然景物中不但凝聚了作者喜怒哀樂的情感，還滲透了強烈的時代感與現代意識。借景抒情能創造出含蓄優美的意境，形象地表達作者的感情，產生極強的感染力。

託物言志和借景抒情有相同的地方，主要體現在兩個方面：其一，都是間接抒情，借描寫事物、景物，藉助敘述、描寫和議論的方式來抒情表意，使抽象的感情思想客觀化、具體化、形象化，易於被人理解接受。其二，都可以使用象徵、變形、比喻、排比、誇張、擬人等修辭方法，以增強藝術感染力。

託物言志和借景抒情也有明顯差別，差別在於兩個方面：其一，託物言志是通過"物"而不是景色來抒發情懷，具體實物和自然風景不一樣。其二，託物言志中的“志”範圍很廣，可以指志向、情趣、愛好、願望、要求等；而借景抒情中的“情”，指熱愛、憎恨、快樂、悲傷等感情。從目的上來講，寫景是為了抒情，詠物是為了言志。在分析賞析時，要有所區別。

用法舉隅

　　中國古代詩文強調自然景物對人的感發作用，“情以物興”，作者在觀察或接觸外物之時，因景物觸發想象，激發了要表達的情感。馮至的《一個消逝了的山村》繼承和發揚中國詩文的傳統，選取了一個山村的自然風物進行描寫，獨具慧眼地發現消失了的事物中的意蘊，表現了人與自然不可分割的密切聯繫。

　　作者先抓住景物的特徵，採用各種描寫手法進行了客觀真實的描寫，寫出景色事物的形、色、聲、味，展示它們獨特的狀態和性情，準確地傳達出蘊含其間的情意，給人新鮮生動、情趣盎然的感受。接著，作者對景物進行主觀感覺化的描寫，賦予景物強烈的主觀感情色彩。作者感激山村裏的一草一木一滴水對人類的養育之情，在這種特定的心境中，眼中的景物具有了特殊意味，凝聚了深厚情感。

作者描寫秋夜的狂風、海上的颶風、寒帶的雪潮、野狗的噪叫等自然景象，自然變化的威力具有深層象徵意義。野狗噪叫令人感到疾苦的恐懼，麋子嘶聲蘊含了死亡的可怕。作者一邊寫景，一邊抒情，把自己的情感一點一滴融入景物描寫中，寫出對人生的感悟：人們面對自然，有時"自己一點也不能作主"，所以人類更應該瞭解順應自然，和自然和平共處。作者在自然景色的描寫中寄予了珍愛自然、珍愛生命、共創和平家園的美好願望。

借景抒情是文學作品中一種常見的抒情手法，就是藉助自然景物的描寫來抒發作者的主觀感情。在借景抒情的散文中，作者試圖把文章的"立意"和所要表達的情感，通過對景物細緻生動的描寫展現出來。景物描寫越是詳細、生動、別致、突出，文章的立意就越深刻、形象、富有韻味，越能打動讀者，引起共鳴。

觸景生情和借景抒情，都是為了達到情景交融、情與景的統一。如魯迅在《故鄉》的開頭一段中並沒有直接抒發"我"的悲涼心情，而是通過生動的景物描寫來表達"我"當時的心境：壓抑、窒悶、悲涼。在分析具體的作品時，一定要細細地品味作品中描繪的景物，把握其中蘊含的感情。

備考點睛

．．

　　借景抒情這個術語對於考生並不陌生，在漫長的中國文學發展歷史長河中到處都有她的帆影，無數優秀的文學作品都刻著她的印記。以往的 P2 考卷中，有要求考生分析散文作品的主觀性是怎樣表達出來的題目，也有考題要求考生針對散文採用何種手法來達到“潤物細無聲”的效果作出分析。考生要能在 IO 講評、P1 和 P2 以及 HLE 或 EE 寫作中取得優異的成績，必須根據具體的作品作出有理有據的分析。為此考生要對散文以及多種文體的抒情手法，包括直接抒情和間接抒情予以熟練掌握。

讀記歸要

28 寫景狀物
Description of scene and objects

詞語本義

　　"狀"有敘述、描繪的意思。"物"可以指動物、植物、靜物、建築物等事物。狀物，也叫詠物，就是描繪事物。寫景，就是描寫自然現象，如風、雨、雪；地理環境，如森林、高山；名勝古跡，如故宮等景色。

術語解釋

　　寫景與狀物是兩個不同的概念，也指兩種不同內容的文章，但是寫景狀物經常一起連用，成為了一種寫作手法的統稱。尤其在散文寫作中，人們常用寫景狀物來指稱同一類的散文。

　　寫景狀物就是選用景與物，如自然山水、民俗風物、日常用品、名勝古跡、異域風情等，為文章描寫的對象，讓它們作為主要角色來承載作者要表達的情感哲理。作者借景與物的客觀形象來寄託自己的主觀情思，通過精確、生動、細緻、傳情地描述來反映社會時代，表現作者對現實的看法思考，抒發作者的感悟情懷。

這類文章以描寫為主要表達方式，採用各種手法精確生動地寫出景、色、事、物的形、色、聲、味，展示景物獨特的情狀，達到吸引、感染、打動人的目的。為了準確地傳達出蘊含其中的情意，必須做到：寫景，真切靈動、情寓其中；詠物，細緻入微、形神兼備。

寫景狀物講究多側面地觀察，抓住景物的特徵，或鳥瞰全景，或特寫局部，採用多感官、多角度、豐富的詞語、靈活的技巧，細膩真切地描寫出景物的千姿百態，描繪出景物的靜態美和動態美，賦予所寫事物以生命和靈魂，創造出完美的意境。

寫景狀物必須融情感於景物，從對眼前景物的描寫入手，展開情懷的抒發，把主觀情思融入客觀景物中，將寫景狀物與抒情議論結合起來，表達出自己的情趣、感悟，闡發人生的哲理。

用法舉隅

馮至的散文《一個消逝了的山村》是一篇寫景狀物的傑作。作者先抓住景物的特徵，採用各種描寫手法寫出景色事物的形、色、聲、味，展示它們獨特的狀態和性情，進行客觀真實的描寫，準確地傳達出蘊含其間的情意，給人新鮮生動、情趣盎然的感受。接著，作者對景物進行主觀感覺化的描寫。作品中的景物塗上了作者強烈的主觀感情色彩，作者眼中的景物具有特殊意味，山村的一草一木一滴水都凝聚了對人類的養育之情。

作者首先描寫了溪水。代表人類文明的山村消失了，而山林依在；曾在山村中生活著的人消失了，而曾滋養他們的小溪卻仍在流淌，"它不分晝夜地在那兒流，幾棵樹環繞著它，形成一個陰涼的所在"。作者在對溪水進行的客觀描述中加入了自己的聯想，展開了議論，抒發了自己的情感，"我們感謝它，……這清冽的泉水，養育我們，同時也養育過往日那村裏的人們"，感激大自然對人類滋養的恩惠。人類的歷史可以消亡，但是自然的一切永恆存在。自然對於人類的恩惠超越了時間和空間，養育了過去、現在和將來的人們，人和自然不可分離。

作者還對小小的鼠曲草進行了細膩、真切，栩栩如生的描寫："這種在歐洲非登上阿爾卑斯山的高處不容易採擷得到的名貴的小草。在這裏每逢暮春和初秋卻一年兩季地開遍了山坡。""我愛它那從葉子演變成的，有白色茸毛的花朵，謙虛地摻雜在亂草的中間。"接著作者加入聯想想象，賦予了鼠曲草謙虛、純潔、矜持、堅強的人格："但是在這謙虛裏沒有卑躬，只有純潔，沒有矜持，只有堅強。"作者運用了對比、擬人和誇張的手法來描寫小草，把小草比作一個淳樸、美麗、堅貞、勤勞的村女，揭示其象徵意義，高度讚揚小草雖然只是一個小生命，卻有著"鄙棄了一切浮誇，子然一身擔當著一個大宇宙"的崇高與偉大，字裏行間熔鑄了作者感恩大自然養育人類的濃厚深情。

備考點睛

　　寫景狀物作為一種藝術手法不僅僅用於散文作品中。人們描述和評價一些非文字文本的時候，如繪畫作品時，也常常用到這個術語。作家可以用文字、線條或色彩等不同的工具來寫景狀物，目的都是通過描述出來的形象表達自己的情思哲理。要想掌握好這個術語不僅需要仔細閱讀文學藝術作品，從字裏行間細枝末節處加以揣摩，還可以選擇一些觸動自己的景物作為描寫對象，通過寫作練習來加深體會。有了這樣的基礎，寫出的評論文章就更加翔實了。

讀記歸要

29 夾敘夾議
Narration interspersed with comments

詞語本義

　　“敘”指敘述、記敘。“議”指議論、評論。夾敘夾議，指的是作者一邊敘述某事，一邊對這件事進行分析議論。

術語解釋

　　夾敘夾議是敘述和議論交互穿插、相互結合的一種寫作方法。夾敘夾議是在敘述中隨時議論，敘事和議論二者相互融合、渾然一體，敘是議的基礎，議是敘的深化。恰當運用夾敘夾議的方法，將敘述引證和議論結合在一起交互使用，讓文章的敘事和議論穿插進行，寫法上靈活多變，方便作者自由自在地發表觀點、抒發情感，達到增添情致、突出事理的藝術效果。

　　在夾敘夾議時，“敘”要簡潔明瞭，不能囉嗦；“議”要準

散文賞評常用術語

確精闢，觀點鮮明。要注意敘事議論恰當穿插，緊密聯繫。夾敘夾議的重點在“議”，議論插入要自然，要突出作者富於哲理、激情的中肯見解，才能體現出其價值意義。

夾敘夾議可以分為三種：

1. 先議後敘：議論出現在文章篇首，起提示和點題作用。

2. 先敘後議：議論出現在文章中或結尾處，起總結全文、深化主題、畫龍點睛的作用。

3. 邊敘邊議：一邊敘述事實，一邊進行議論，根據所敘的事實發表觀點。

夾敘夾議可以態度客觀，不加入個人的意見，重在說明事實，分析因果關係，剖析實情實相；也可以突出強烈的主觀色彩，表達個人的見解主張。夾敘夾議可以以議論為主，將事實穿插於其間；也可以以事實為主，邊敘邊議，將議論作為承上啟下的紐帶。

用法舉隅

夾敘夾議是一種交叉記敘與議論的寫法，文章中的記敘是為議論服務的，而議論又以記敘為基礎，敘為議提供了事實依據，使立論有根有據，具有很強的說服力。

徐志摩的《想飛》就使用了夾敘夾議的方法來闡明自己

的見解。文章夾敘夾議、敘議抒情相結合，在輕鬆活潑的氣氛中闡發嚴肅的議論。作者在講述個人經歷的同時，加入心理活動，連用了"不是……不是……也不是……"的排比句，展開了對飛的議論。一方面，文中的議論起到了畫龍點睛的作用；另一方面，文中的記敘又起到輔助論點的例證作用，讀來饒有興味，漸至明白了作者的觀點：人與飛的關係，會飛而不能飛，能飛而不飛，天生具有飛的能力，後天的蛻變使人失去了飛的能力。這些對飛的議論中包含了作者對人類的發展變化、生存狀況的思考，有強烈的個人主觀情感，具有很強的說服力。

隨筆散文以議理見長，充滿了智慧和思辨，表現出作者的智慧和才思。夾敘夾議的手法是隨筆散文中必用的手法。此類散文是從寫平凡、親身經歷的小事著手，表達出頗有共性和普遍意義的感悟和哲理，所以非常講究結構佈局。隨筆散文一般分三部分：開頭，起始於熟悉平淡，先敘述或描寫身邊平淡無奇、不為人所注意的瑣屑小事；中間，伸展開掘，就所敘的事件、人物引出話題，展開論述，縱橫鋪敘，旁徵博引，夾敘夾議，深刻精闢；結尾，巧妙收攏，明喻暗示，點睛升華。作者常常使用首尾呼應法結束全篇，讓人感慨萬千、回味無窮。

李智紅的隨筆散文《突然想起一種名叫"麻雀"的小鳥》，通篇使用了夾敘夾議的方法講述自己的道理，使文章既有生動的形象，又有嚴密的邏輯；既以情動人，又以理服人，融事、情、理於一爐，合議論與敘述於一體，將深奧的事理隱藏於形象的描寫中，將事理寓含於生動的鋪敘中。

備考點睛

夾敘夾議，是散文抒發情感、表達見解的重要手段，也是安排組織全文結構的有效方式。以往的 P2 考卷中，曾多次出現過有關散文怎樣用敘述與議論穿插結合來呈現作品的組織結構的考題，以及作者如何從對事物的敘述與描寫引出聯想與議論的題目，以考察考生對於文章整體佈局與表現手法運用的見解與評價。在 IO 講評、P1 寫作時，可針對文章中此類手法的效用展開分析，也可以運用夾敘夾議的方法來構建自己的文章，表達自己的觀點。

讀記歸要

30 層遞
Layered (meanings, storylines, etc.)

詞語本義

　　層遞，指的是把要表達的意思按照大小、多少、高低、輕重、遠近等不同程度逐層排列的一種方法。

術語解釋

　　層遞是一種修辭手法。為了更好地敘述事理，根據事物的邏輯關係，將三個或三個以上結構相似的短語、句子、段落排列在一起，表達在數量、程度、範圍等方面輕重、高低、大小、本末、先後、遠近、深淺等的遞進排列，這樣的修辭手法叫作層遞法。

　　層遞分為遞增（升）和遞減（降）兩類：

1. 遞升：把事物按照由小至大、由低至高、由輕至重、由淺到深的順序排列，層層遞增。如，《論語‧為政篇》中的"三十而立，四十而不惑，五十而知天命，六十而耳順，七十而從心所欲，不逾矩"。又如，顧憲成的對聯"風聲雨聲讀書聲，聲聲入耳；家事國事天下事，事事關心"。

2. 遞降：把事物按照由大到小、由重到輕、由深到淺、由高到低的順序排列，層層遞減。如，《左傳》中的"夫戰，勇氣也。一鼓作氣，再而衰，三而竭。彼竭我盈，故克之"。又如，諺語"一個和尚挑水喝，兩個和尚抬水喝，三個和尚沒水喝"。

使用層遞法要注意：首先，要有三個或三個以上的語句排列使用；其次，要按大小、多少、深淺、輕重等不同程度依次逐層排列，像階梯似的逐漸上升或下降，環環緊扣。

運用層遞法顯示出遞升或遞降的內容，使人的思考認識層層深入。採用這種修辭法，使文意層次分明、條理清晰，內容逐步深化，可增強語言的氣勢和感染力，給讀者留下深刻印象。

用法舉隅

在議論文中，作者使用層遞修辭法，有條理、層次地表明自己的觀點，符合邏輯思維的普遍規律，有助於讀者對問題思考的逐步加深和不斷提高。如《鄒忌諷齊王納諫》中，鄒忌用層遞法表明自己的觀點，先用自己身邊的人事和齊王身邊的人事相類比，從家事到國事，很好地說服齊王採納自己的建議，下令："群臣吏民能面刺寡人之過者，受上賞；上書諫寡人者，受中賞；能謗議於市朝，聞寡人之耳者，受下賞"。此處的遞減層遞，增強了文章的氣勢和感染力，使文章更具說服力。

在李木馬的散文《木匠房》中，作者在思考木頭的變化和作用時使用了層層遞增的描寫手法，連續幾個句子，從近而遠、從小到大、從眼前的具體景物到更加遙遠的空間，展示出越來越大的畫面，引發作者越來越廣泛的聯想："滿屋的家具，家家戶戶的門窗，大路小路上的木車，大井小井上的轆轤……"作者按近遠、小大的程度，依次逐層排列，像階梯似的逐漸上升，環環緊扣，在讀者面前展開了一個個生動的畫面，引領讀者漸漸深入地思考人生的價值和意義。

朱自清的散文《春》將並列句與層遞修辭法結合起來，描繪了春天的美好和力量，展示出人們內心充滿希望的勃勃生機："春天像剛落地的娃娃，從頭到腳都是新的，它生長著。春天像小姑娘，花枝招展的，笑著，走著。春天像健壯的青年，有鐵一般的胳膊和腰腳，領著我們上前去。"三句並列，句子的結構相同，詞句的意思遞增。"娃娃""小姑娘""青年"

使用了層遞修辭法，以人的年歲成長歷程由年幼而青春而強壯的比喻，層層遞進地展現出春天強旺的生命力。

備考點睛

　　層遞修辭法雖常常用在說明與論辯類的文章中，表現文章內在的邏輯與條理，體現作者運用語言的"機智"所在，卻不僅限於此。在一些如圖畫、音樂等非文字文本中也常用這種修辭手法以取得更佳的藝術效果。所以，不但在 P1、P2 及 HLE 或 EE 寫作中，就是在 IO 講評中也要關注到這種手法的作用與功效。在分析具體文本時考生可以結合其他修辭手法進行論述。

層遞

讀記歸要

31 類比
Analogy

詞語本義

....

　　類比，就是類推，是將不同對象進行比較，從一類事物所具有的某種屬性，推測出與其類似的事物也應具有這種屬性的一種推理形式。

術語解釋

....

　　類比法是一種"由此及彼"的邏輯推理法。"此"是已知熟悉的對象，"彼"是未知陌生的對象。把"此"當作前提，"彼"當作結論，將未知的東西和已知的東西相對比，尋找兩者之間的相同點或相似點。當兩者具有某些相似或相同點時，就從熟知的對象上，得知了陌生對象的情況，推導出兩者在其他方面也可能相似或相同的結論。

　　類比是人類進行邏輯思考的一種重要方式。從已知出發，通過比較類推，瞭解我們不熟悉的事物的特點，從而得出所需要的結論。類比法的特點是"先比後推"。"比"是類比的基礎，要比較共同點。對象之間的共同點是使用類比法的前提條件，如果比較的對象之間沒有共同點，就不能進行類比推理。類比對象間的相同點越多，得出的結論就越可靠，反之亦然。

　　類比模式"由此及彼"中常見的彼此關係可能有下面幾種：

　　1. 同類類比型："以己推人""以人推己""以人推人""以物推物"等。這種類比就是拿同類事物作為類比對象，進行推理得出結論。如，我的妻妾愛我怕我，只說我愛聽的話，我只能聽到恭維話，聽不到真話；你的妻妾也一定如此。所以，你和我一樣，我們都聽不到真話。

　　2. 異類類比型："以人推物""以物推人"等。這種類比就是拿不同類的事物作為類比對象，進行推理得出結論。如，把"人有靈魂"的觀念類比到萬物上去。人有靈魂，則萬物有靈魂、山有靈魂、水有靈魂、風也有靈魂、樹木也有靈魂。

　　在說明性的文章和論述性的文章中，經常使用類比法將不同的事物進行比較得出結論，使人們對事物的特點有更加清楚的認識，也更加有力地表明作者的觀點和態度。使用類比法必須要注意收集可比性強的數據。類比的對象之間要有相同點，收集的數據可比性越強，對象之間的共同點越多，得出結論的可靠性也越大。

用法舉隅

在論說文的寫作中，類比法可作為一種論述的手法，通過對事物的類比，闡明道理說服他人。《鄒忌諷齊王納諫》就是一個很好的例子。

鄒忌是一家之主，家裏的妻、妾、客人出於對他的愛與怕、有求於他的心理，都只對他說好聽的話，而不是實話實說告訴他事情的真相，所以他容易被蒙蔽。鄒忌"以己推人"，把自己的處境情況和齊王的處境情況進行了一個類比。兩個類比對象之間的共同點很多。其一，他們的地位有共同點：一家之主與一國之主。其二，這樣的地位決定了他們周圍的人對他們的態度有共同點：對他們的愛與怕、有求於他們。其三，這些人為了自己的目的都盡力讓他們高興，所以會講他們愛聽的話。

通過這樣的類比鄒忌得出了結論：因為高高在上的特殊的地位與身份，齊王聽不到真話，只能被別人的好話所蒙蔽，不知道事情的真相。然後他把這個結論告訴了齊王，來勸說齊王修訂國策，求賢納諫，廣開言路。

這個類比的推理，闡明了一個深刻的道理：要想知道真相，就要聽到真話，只有瞭解真相才能把國家治理好。用類比法，作者組織了全篇，使文章的論點得到了充分地論述。

備考點睛

　　類比手法由此及彼、以己推人，利用了同理心的思維邏輯，在人們的日常生活中，用類比手法進行說明和說理能起到很好的效果。在議論性散文中採用類比的手法能達到"含蓄"而不"直白"的效果，讓文章更有說服力。在一些廣告中，類比手法也被當作有力的銷售策略。考生要根據不同文本的特點進行具體分析。

類比

讀記歸要

32 演繹
Deduction

詞語本義

　　演繹，具有鋪陳、推斷、闡發的意思。演繹又稱演繹推理，是一種運用邏輯規則進行推理的方法。

術語解釋

　　演繹法是認識未知事物的一種思維方法，也是一種邏輯推理論證的方法。運用演繹法進行邏輯推理，可以從已經知道的事物推導出未知的事物；可以從人們熟悉的一般情況推導出個別情況；可以根據普遍的現象推斷出特殊的現象。整個推理判斷的過程就是演繹推理的過程。

　　演繹推理，以一般性事理或普遍性結論作為前提，通過演繹，推導出所需要的結論，來論證個別性事理。演繹推理的主要形式是三段論，即大前提、小前提和結論。運用演繹法進行邏輯推理，首先大前提必須可靠正確。如果演繹前提不可靠，就不能得出可靠的結論。其次，前提的一般性知識和結論與個別性知識之間必須具有必然的聯繫，這樣才能保證結論蘊含在前提中，沒超出前提所指的範圍。

常見的演繹推理方法有正斷法與逆斷法：

1. 正斷法：得出的是一個肯定的結論。其推理前提為大前提是肯定的，小前提也是肯定的，那麼結論一定是肯定的。例如：

大前提：凡人皆會死

小前提：孔子是人

結論：所以孔子會死

2. 逆斷法：得出的是一個否定的結論。其推理前提為大前提是肯定的，小前提是否定的，那麼結論一定是否定的。例如：

大前提：一個合理的社會是老有所養的社會

小前提：這個社會的老人得不到贍養

結論：這個社會不是一個合理的社會

演繹法是科學預見的手段，也是科學研究的重要思維方法。但是，演繹法不具有絕對性。演繹法從一般推知個別事實，只說明一般與個別的統一，不能揭示一般與個別的差異。應該說，演繹法只能從邏輯上保證其結論的有效性，而不能從內容上確保其結論的真實性和真理性。

演繹

在議論性文章的寫作中，常常要用到演繹論證。在演繹論證中，普遍性結論是論據，而個別性結論是論點，反映了論據與論點之間由一般到個別的邏輯關係。議論論述的過程往往就是從一些假設的命題出發，運用邏輯的規則，推導出另一命題，得出結論的過程。

　　演繹論證，前提是關鍵，只有當前提真實、符合客觀實際時，才能推導出正確的結論。如果大前提不真實準確，就得出不正確的結論。在運用演繹法時，首先要確定前提正確與否，不能濫用。

　　另外，在寫作中可以根據文章表達的要求，對三段論的推理表述靈活處理。可以省略大前提，或者省略小前提，或者省略結論。例如：語文課是文化基礎課，文化基礎課一定要學好。

　　大前提：文化基礎課一定要學好

　　小前提：語文課是文化基礎課

　　結論：語文課一定要學好（被省略）

用法舉隅

　　演繹法，就是用邏輯推理法，從普遍性結論中推導出個別性結論，反映論據與論點之間由一般到個別、由抽象到具體的邏輯關係。

在演繹論證中，普遍性結論——大前提是論據，而個別性事例——小前提是論點，推斷得出的結果就是結論。閱讀梁啟超的論文，常常可以發現他很善於使用這樣的推理方法，恰到好處地闡明文章的觀點。他的演講稿《敬業與樂業》中就有很好的例子。

例如，大前提："凡可以名為一件事的，其性質都是可敬的"，小前提 "拉黃包車是一件事"，結論：拉黃包車是可敬的。梁啟超恰當地運用演繹法進行推理論證，得出了令人無法質疑的結論，使他的文章具有充分的說服力。

毛澤東在《為人民服務》一文中有一段著名的論述："人總是要死的，但死的意義有不同。中國古時候有個文學家叫做司馬遷的說過：'人固有一死，或重於泰山，或輕於鴻毛。'為人民利益而死，就比泰山還重；替法西斯賣力，替剝削人民和壓迫人民的人去死，就比鴻毛還輕。張思德同志是為人民利益而死的，他的死是比泰山還要重的。" 這段話中就包含著一個完整的演繹論證。"為人民利益而死，就比泰山還重"，是普遍性原理，是論據，是大前提。"張思德同志是為人民利益而死的"，是已知的判斷，是小前提。而 "他的死是比泰山還要重的"，是文章的論點，也是結論。由於大前提真實、符合客觀實際，所以推導出精闢正確的結論。文章的結論鐵板釘釘一樣，無可辯駁，不容置疑，產生了深遠的影響。

備考點睛

　　演繹，是科學研究的重要思維方法，也是生活中常用的邏輯推理方法。在論說、議論、隨筆類散文作品中被廣泛使用。議論性散文是以突出作者的主觀看法說服他人為目的的，作者必須運用恰當的手法作出推理判斷以表達立場見解。其中，演繹論證起著重要的作用。在對此類作品進行分析評論時，一定要結合具體的實例，也要結合客觀的規律，作出科學正確的評價。在以往的 P2 考卷中，有題目要求分析散文中作者對"我"的掌控如何影響作品感染力，考生用論說、議論、隨筆類散文作品為例，更容易論述明白。

讀記歸要

33 歸納
Induction

詞語本義

　　"歸"指回到本位。"納"有收入、放進的意思。歸納，就是歸攏、並使之有條理的意思。

術語解釋

　　歸納是一種認識事物的思維方法，也是一種推理方法。歸納法和演繹法相對，指從許多個別的事物中概括出一般性概念、原則或結論的思維方法。

　　歸納推理是從個體出發，透過對多個個體現象進行觀察、綜合，尋找出一些基本規律或共同現象，來推斷所有同類事物也適合這些規律，從而概括出一般性的概念、原則或結論。

使用歸納法，讓我們在下面幾種已知的事物中或條件之下，可以概括出未知事物：

　　1. 根據一些個別事物的分析與研究，歸納個別事物的情況，由此推理出其他同類事物都共有的情況，獲得一個普遍性的結論。例如，看到校園裏三個女生都愛讀書，就推斷這個學校所有的女生都愛讀書。（注意：這個歸納的結論不正確。）

　　2. 根據過往所發生的事情，歸納這些事情的一般情況，由此推理出尚未發生的事情也將會具有的情況，獲得一個普遍性的結論。例如，這個月他每天都去跑步，就推斷下個月他也每天都去跑步。（注意：這個歸納的結論不正確。）

　　3. 根據已知事物的某些方面，歸納這些事物和這一方面相關聯的情況，由片面看全面，推理出事物其他方面的情況，獲得一個普遍性的結論。例如，一個人待人親切有禮，就推斷他是一個心地善良的人。（注意：這個歸納的結論不正確。）

　　使用歸納推理，關鍵在於選用的事例必須真實典型。要根據許多個別事物的共同的本質特徵，才能推導出較為準確的一般性結論。

用法舉隅

　　歸納法反映了客觀事物個別與一般的關係，是由個別到一般的推理方法。在議論文寫作中，這種論證方法很有說服力，是經常使用的基本論證方法之一。

司馬遷的《報任安書》中有一個典型的歸納論證法："蓋文王拘而演《周易》；仲尼厄而作《春秋》；屈原放逐，乃賦《離騷》；左丘失明，厥有《國語》；孫子臏腳，《兵書》修列；不韋遷蜀，世傳《呂覽》；韓非囚秦，《說難》《孤憤》；《詩》三百篇，大抵聖賢發憤之所為作也。此人皆意有所鬱結，不得通其道，故述往事、思來者。"這段話中，一連舉了八個事例，從而得出普遍性結論：凡垂名後世、創作出傳世之作的人，都曾經經歷了非人的痛苦遭遇。正是這些痛苦，激發了他們的創造力。沒有這些痛苦，他們就不可能創作出不朽之作。

梁啟超在《敬業與樂業》一文中為了說明人必須要有正當職業這個道理，採用了歸納論證的方法。作者根據孔子說的"飽食終日，無所用心，難矣哉！"及"群居終日，言不及義，好行小慧，難矣哉！"，百丈禪師說的"一日不做事，一日不吃飯"等許多個別事實，歸納出普遍性結論：不論儒家或佛門均主張人人都要有正當職業，人人都要不斷勞作。所以人必須有正當職業。這樣的結論很有說服力。

備考點睛

　　議論性散文是以突出作者的主觀看法說服他人為目的的。以往的 P2 考卷中，有要求考生討論運用何種手法展現作品主觀性的題目。不僅於此，在 IO 講評中考生也常常選用具有強烈主觀色彩的文本進行論述。對此，考生可選擇適當的作品實例，結合歸納、演繹等有助於更好地表達作者的立場見解的修辭手法展開分析評論。

讀記歸要

34 文章線索
Clue

詞語本義

線索，有頭緒、門路的意思，可用來比喻事情的頭緒或發展脈絡。

術語解釋

文章線索就是貫穿一篇文章的主線。文章線索是情節發展的脈絡，時隱時現貫穿全文始終，連接事件和場面，把文章的內容有機地連綴成一個整體。

結構是文章的骨架，線索是文章的脈絡，二者緊密聯繫。散文必須有一條線索把文章的內容串聯起來。文章以什麼為線索來構思和組織，是由文章的中心內容決定的。根據內容需要，散文可以按照時間推移、空間轉換、情景變化、思維邏輯順序等線索來組織。一般來說，描寫類的文章以景、物為線；記敘類的文章以人、情為線；議論說理的文章以理、文眼為線。文章有明線也有暗線，不同的線索可以交叉或者平行共存，如，文章可以一邊進行對人物和事件的具體描繪，一邊展開論述與抒情。

賞析散文，必須要理清作者的思路意圖，才能體察作者謀篇佈局的匠心，弄清人、事、物之間的相互關係，準確把握住文章的中心立意。

根據文章的中心內容，常見的文章線索有：

1. 感情發展的線索：感情的變化過程往往是一個重要的線索。文章用人物感情的變化為主線，把一些似乎沒有關聯的材料聯結起來，表達文章的主旨，抒發人物的情感。

2. 敘述的線索：敘述事件起因始末的過程往往是一條重要線索。文章以此把發生在不同地點、不同時間、不同情況下的事件組合在一起，在敘述的過程中，層層深入，突出作品的中心立意。

3. 描寫的線索：描寫人與物的散文常以描寫對象作為線索，抓住人與物的特點，把人與物在不同時間地點的變化，串聯起來。

4. 景物的線索：寫景抒情的文章常以景物描寫為線索，在細緻的景物描寫中融入作者的理解和感悟，表達作者的思想感情。

5. 行蹤的線索：記遊散文往往是以人物遊蹤為線索，採用步移法來寫所見所感，闡發見解，表達情感。

用法舉隅

散文以抒情為目的，感情的變化過程往往是一個重要的線索。如，魯迅的《藤野先生》空間跨度較大：從中國到日本，從東京到仙台，又從仙台回到北京，接著又寫到廈門。雖然給人天南海北、目不暇接的感覺，但是作者記敘的事情都圍繞著一個中心：與老師相遇、得到老師的幫助、和老師告別、懷念老師，通篇抒發了對老師的深厚感情。所以，文章的線索是："我"對老師的情感。

又如，楊朔的《荔枝蜜》中文章開頭寫 "我" 小時候因被蜜蜂蜇了一下，而 "總不大喜歡" 蜜蜂；接著寫因為看到荔枝林，喝到荔枝蜜而 "不覺動了情"，"想去看看" 蜜蜂；當參觀養蜂場，瞭解到蜜蜂的忘我勞動與無私奉獻的精神後，"我的心不禁一顫"，對蜜蜂發出了由衷的讚歎；最後 "夢見自己變成一隻小蜜蜂"。由此，可以理出 "我" 對蜜蜂的感情變化就是文章的線索。

很多散文作品常用一個物品作為貫穿全文的線索突出文章主旨。文章開頭先敘述"我"與景物的關係。然後細緻描寫這種景物，以及景物和"我"情感經歷的關聯，引出"我"對人生、社會的感悟。結尾回到這種景物面前，照應開頭，發出感慨。

巴金的《星》就是一篇精緻的散文。文章以星星為線索，每一段都以星星為核心貫穿始終，結尾用"在我的天空裏星星是不會墜落的。想到這，我的眼睛也濕了"來抒發自己對人生社會的感慨。

又如，張秀亞的《杏黃月》中以"月亮"為行文線索，通過所寫景物展示出作者的情感變化過程：心情煩躁不安、寂寞、失落到歡快、愉悅，再回到平靜。在對月亮的描寫中流露出對眼前生活的落寞之情，表達出對未來生活的感悟之情，抒發出對過去生活的眷戀情緒，突出作者對生活的珍愛與信心。

在記遊記事類散文中，常有一些表明時空轉換的詞語。循時空線索有助於理解文章的主旨。如陶淵明的《桃花源記》中有不少表示地點和方位的表達："緣溪行""忽逢桃花林""便得一山""及郡下""不復得路"。空間位置的變換引出了豐富多彩的內容，把這些表達連接起來看能斷定此文的線索是：漁人的行蹤。

備考點睛

　　文章線索是貫穿一篇文章發展脈絡起承轉合的主線。在閱讀分析文章時，把握文章以什麼為線索來構思和組織全篇是一個考生的基本功。具有這樣的功力才能在 P2 的限時寫作中取得成功。在以往的 P2 考卷中，有題目要求考生對散文作品如何圍繞一個主題，把看似零散的描寫串成有機的整體進行比較分析。考生要在平時的閱讀學習中學會分析和判斷作品的技巧方法，在分析時選用幾個作品進行比對研究，有助於更好的理解。

讀記歸要

35 篇章結構
Structure

詞語本義

　　篇章結構，指作品的結構形式，也叫結構佈局，就是按照一定的邏輯層次謀篇佈局的方式。

術語解釋

　　不同體裁的文學作品，需要採用不同的文體表現方式滿足篇章結構的具體要求。文學作品無法脫離篇章結構而存在，篇章結構是作者構思的外在表現，是作品主題的呈現形式。

　　散文的篇章結構，指的是作者圍繞主題立意安排組織材料，運用謀篇佈局的技巧來表現主題立意所呈現的整體形態。散文的特點是"形散神聚"，篇章結構特點也是"形散"，沒有固定的形態，可以多種多樣。當然，散文的結構是有一定的規律可循的。比如，常見的散文結構有總分式、時間空間先後轉移式、對比式、逐層深入式、層層鋪墊式、一線串珠式、片斷組合式等。

　　一般來說議論說理的文章常常採用總分式、逐層深入式來架構文章。記人敘事的散文，常常以時間的先後和空間的轉移來架構文章。刻畫人物的散文可以採用對比式、層層鋪墊式來架構文章。寫景和狀物的作品多採用一線串珠式、片斷組合式，將不同的畫面和場景片段組合在一起。散文作者可以將各種方式加以靈活交叉使用。

　　人們常常使用一些約定俗成的詞語來描述篇章結構的特點。如，開門見山、開宗明義，指的是文章開頭直接落筆點題，點明文章的中心，總領全文，起到開啟下文的作用。又如，曲筆入題、中心突出、結構嚴謹、跌宕起伏、伏筆鋪墊、層層深入、過渡照應、情節連貫、脈絡清晰、結構緊湊，則是指文章在中間承上啟下、照應前文、充分展開描寫議論的情形。再如，前後照應、卒章顯志、畫龍點睛、點明主旨、升華主題，是用來形容和描述文章結尾部分內容所起到的功能和效用。賞評散文的篇章結構，可以採用這些詞語。

　　不同的篇章結構方式，體現作家藝術創新的功力，表現出不同的語言風格，展示出不同深度的主題思想。

用法舉隅

　　蕭乾的散文《鼓聲》沒有採用由眼前的所見來開頭，然後經過插敘或倒敘最後回到眼前，這種比較常見的借物抒情散文的結構模式，而是選取了鼓聲作為核心物，組合起自己人生經歷中最具有典型意味的場景構成全篇：撥浪鼓伴隨童年無憂的情景，商販鼓引發貧困艱難的悲歡，和尚道場鼓銘記生離死別的傷痛，歡慶解放鼓以及農民分田地鼓帶來的振奮豪邁，再到“文革”鼓激發憎惡憤怒，最後“四人幫”倒台鼓響徹的歡樂鼓舞。作者圍繞鼓聲傾訴著人間的喜怒哀樂，抒發了由喜至悲，由悲至喜的情懷感悟。

　　以一個典型物件為核心，採用電影鏡頭似的場景組合般的結構編排，這些場景不僅串聯起作者個人的生平經歷，更呈現出一個國家民族的成長歷程，把鼓聲同國家、個人的命運聯繫起來，表達出作者的家國情懷與憂患意識。結尾句“恰當地、有節制地使用，鼓聲可以振奮人心；濫用，響過了頭，鼓聲的作用照樣也可以走向反面。”突出了作者的哲理思考，寓意深刻。這樣的篇章結構，波瀾起伏、富於變化，給讀者帶來美的享受。

備考點睛

在以往的 P2 考卷中，有題目要求考生分析散文結構不是"隨意"的安排，而是作者特別用心佈局結構的結果。此外，在 P1 考卷中，也經常出現選文在構思上有何特點的引導題。和掌握文章線索一樣，在閱讀分析文章時，能掌握文章的篇章結構的特點也是一個考生的基本功。沒有這樣的能力，不但沒有辦法在 P1 的限時寫作中取得成功，就是在 IO 講評中也鮮能很好地論述自己的全球性話題。考生要在平時的閱讀學習中，把分析文章線索和文章的篇章結構結合起來進行研究學習，掌握基本的方法和要領。

讀記歸要

36 小說化
Novelisation

詞語本義

　　小說化，就是用寫小說的方法，使非小說的文本具有小說特點的創作方法。比如，通過運用虛構情節、杜撰人物等創作小說的手法技巧，可以讓散文具有小說的某些特點。

術語解釋

　　小說化是一種文學創作手法。凡在文本中有意使用小說的手法進行創作，以抓住讀者閱讀興趣的做法都可以稱為小說化。

　　小說的創作方法主要表現在：

　　1.虛構人物、情節和環境。這是小說慣用的手法，是虛實相間的敘事藝術。

2. 塑造完整的人物形象，描寫人物的命運，刻畫人物的性格。

3. 設置懸念，注重情節的曲折發展。

在現代文學藝術創作中，有許多非小說文體的作品也使用了小說的創作手法進行創作，通過虛構情節、塑造人物形象、採用小說化的敘事手法，以達到使其作品陌生化、吸引讀者的目的。

類似的術語還有戲劇化、詩化、散文化等等。

用法舉隅

散文小說化，就是將散文和小說的特點結合起來進行創作的一種新技巧。將散文與小說結合起來，目的是追求一種小說化的藝術效果。

散文小說化主要在兩個方面：一是注重虛構，運用小說描寫事物可以隨意虛構的特色來虛構散文中鮮為人知的故事情節，讓故事情節完整生動。二是模擬小說注重細節描寫來塑造鮮明的人物形象。

三毛的散文具有小說化的特點。她描寫沙漠生活的很多作品中都有虛構情景人事的現象。作品中吸取了小說情節曲折、故事完整的表現手法，借鑒了小說準確簡練、生動流暢、富於個性的語言特色，把富於戲劇性的故事情節引入散文中，使得作品情節曲折，可讀性強，更有吸引力。

　　散文可以小說化，也可以詩化。有人稱余光中為散文的革新家，提倡散文應該具有詩性。他曾說過："一般散文作者都過不了感性這一關，無力吸收詩、小說、戲劇甚至電影的藝術，來開拓散文的世界，加強散文的活力。所以當年我分出左手去攻散文，就有意為這欠收的文體打開感性的閘門，引進一個聲色並茂、古今相通、中西交感的世界。"

　　散文的詩化，常常表現在語言的使用上。散文作者使用詩歌中常用的句式，使用對偶、排比、反覆、同字、頂真、迴環等修辭手法，造成散文詩化的效果，形成一種詩意的風格。朱自清的散文就被稱為詩化的散文。如《匆匆》中"燕子去了，有再來的時候；楊柳枯了，有再青的時候；桃花謝了，有再開的時候"，採用排比的句式，展現出生動的圖景，構成了詩歌的意境，讀起來朗朗上口，具有詩歌般節奏和韻律的美感。

　　有些散文也用了戲劇化、電影化的手法。如，使用電影鏡頭的剪輯來組織和安排內容。

備考點睛

．．．

　　化，就是轉化、變化。不同的文體作品在發展中互相吸收發生轉化和變化，形成具有新的特色的文本作品是符合文學發展規律的。作為 IB 文學及語言與文學的考生應該充分理解這一點，並在閱讀中觀察理解。散文吸收其他文學藝術的手法是作家創新的表現，也是散文發展的趨勢。散文的詩歌化、戲劇化等都可能和未來散文的內容有關。考生應留意此類作品的特點。在 IO 講評中，可以針對非文學文本的小說化現象進行分析，是一個很好的評論視角。

讀記歸要

37 敘述順序
Narrative sequence

詞語本義

"敘"指述說、敘說。在生活中,所謂的敘述就是將事情發生的情形過程記敘出來。在書面寫作中,敘述是一種表述方法。順序,就是次序。敘事順序,指按照一定的順序,把事件組織成一個前後連貫的條理次序講述出來。

術語解釋

敘述是敘事文學作品中講述故事、事件來龍去脈的重要手法技巧。敘事順序一般包括順敘、倒敘、插敘、補敘、分敘幾種。人們常說的順時序和順敘同義,指敘述的順序是時間發生的早晚順序。逆時序指敘述的順序不是時間發生的早晚順序。逆時序不等於倒敘,有時是以插敘的形式表現出來的。

常見的敘述順序有：

1. 順敘：按人物的經歷或事件發生發展的先後順序進行敘述。順敘是最常見、最基本的敘述方式，有以時間為順序的，有以事物發展規律為順序的，也有以空間變換為順序的。敘事性文章中大多以時間為順序。順敘便於根據事情發生、發展、高潮、結局進行敘述，使文章有頭有尾、層次井然、條理清晰、明白曉暢，方便讀者閱讀。

2. 倒敘：把事件的結局或其中突出的片斷提在前面，然後再按時間順序敘述事件發展的過程。採用倒敘的方法把最能表現中心主旨的部分提到前面，可以起到重點突出的作用，同時也使作品結構富於變化，避免平鋪直敘。此外，倒敘方便設置懸念，令情節曲折有致，引人入勝，可以吸引讀者追根溯源，增強閱讀趣味。

3. 插敘：在敘事過程中插進另一有關事件的敘述，然後再接上原來的敘述繼續下去。由於要暫時中斷敘述的線索而插入關於另一件事情，可以消解懸念，避免行文呆板。

4. 補敘：對前面已經敘述過的事件進行補充敘述，也叫追敘。補敘的內容一般是片斷性的、簡要的，不具備完整性的事件。如偵探小說在描寫偵破過程時，對罪犯的作案情節或細節不作清楚介紹，到罪犯落網之後，再回過頭來補敘，說明事情原委。有時為了增強表達效果，作者在前面的敘述中有意省略某些情節，待到最後再補充交待，可以起到製造懸念的效果。

5. 分敘：對同時發生的兩件以上的事進行分列、平列的敘述。如對同時發生的兩件或多件事用"花開兩朵，各表一枝"的方法分別敘述，把錯綜複雜的事情寫得眉目清楚。

用法舉隅

魯迅的《藤野先生》採用了順時序的敘事順序，按照時空順序來組織全篇。全文分為三個部分，第一部分寫初到東京時看到留日學生的失望與不滿，第二部分寫在仙台得到藤野先生幫助的情景，第三部分是離開仙台以後對老師的思念和感激之情。按照實際的時間順序組織文章三個部分的情節內容，寫出了作者隨著生活經歷而發生的思想感情變化過程，把對藤野先生的描寫刻畫與自己的內心情感緊密聯繫，自然流暢地展現了作者情感的變化，產生了感人至深的藝術效果。

作家採用不同的敘述順序表達對社會人生的獨特看法，體現了作家對世界獨特而複雜的感受方式。白先勇的《金大班的最後一夜》採用了逆時序的敘事順序，藉助倒敘、插敘等多線交織的敘事手法來交代故事情節，使過去的故事進入現在的故事，重述了歷史，展現了人物的過去，突出了人物的現在。

文中金兆麗的三次回憶分別由童經理的無禮衝撞、朱鳳拒

散文賞評常用術語

絕墮胎的行為以及與年輕書生的共舞所引發。童經理的無禮使她產生今不如昔的感慨，朱鳳的強硬態度令她想起了自己曾拚死護衛月如的孩子，在墮胎之後幾度尋死，痛苦不堪的經歷。在和年輕書生共舞時，她想起了第一次和月如見面並愛上他的那個晚上。今非昔比，再也無法回到過去。這幾次往事的敘述，沒有根據事件發生的時間順序排列，而是根據人物情感和故事情節的需要展開插敘和倒敘。

備考點睛

敘述順序對考生並不陌生，很多同學在中學階段散文學習中已經熟悉了這個術語，但是在評論作品時缺乏靈活運用。另外，這個術語在評論小說作品時也經常使用，是小說類 P2 考題中的常客。在 IO 講評中也可以根據文本特點針對這個藝術手法進行分析。

讀記歸要

敘述順序

38 修辭技巧
Rhetorical skills

散文賞評常用術語

詞語本義

"修"是修飾的意思。"辭"本指辯論的言詞，後引申為所有言詞。修辭，狹義上指語言文字的修飾，廣義上包括對文章謀篇佈局、遣詞造句的全過程的修飾。

術語解釋

修辭的本義是修飾言論，也就是在使用語言的過程中，利用多種語言技巧和手段進行修飾，以達到更好的表達效果。

修辭技巧也叫修辭手法。修辭手法多種多樣，象徵、比喻、比擬、借代、誇張、排比、層遞、反諷、對偶、設問、反問、頂真、起興、白描、細描、通感等都是常用的修辭技巧。可以說，凡是能使文字、詞彙、句子更加生動形象，更富有表現力，增強藝術美感的方法或手段，都可稱為修辭技巧。

運用修辭手法，可以把抽象的變為具體的，把熟悉的變為新鮮的，把無情的變為有情的，把色彩單調的變為色彩豐富的。寫作中恰當運用修辭技巧，可以令文辭呈現出更加形象感人、繪聲繪色的魅力，收到更加理想的藝術效果。

文學作品為了使人或事物的形象、情狀、特性，有聲、有色、有味、有形，使人有親臨其境、如睹其人、如聞其聲、如嗅其味、如見其色、如歷其事的感覺，達到繪聲繪色、活靈活現、栩栩如生、歷歷在目、惟妙惟肖的效果，就必須使用修辭技巧。

在描寫抒情時，多運用視覺、聽覺、嗅覺、味覺、觸覺等多感官、多角度的細緻觀察，抓住客觀事物的特點；多運用象徵、比喻、比擬、借代、誇張等各種修辭技巧，把人物或景物的狀態生動地描繪出來。

在分析議論時，多運用排比、層遞、反諷、設問、反問等修辭手法，闡明觀點，論述雄辯；多運用歸納、演繹等推理法，使文章更有條理，產生節奏鮮明、增強說服力的效果。

用法舉隅

朱自清散文的成就歸功於他高超的修辭技巧。如《荷塘月色》中的排比巧妙地傳遞了意味深蘊的情感信息，產生了一種新奇含蘊的美。他的比喻也令人拍案叫絕，用“高樓上渺茫的歌聲”來比喻微風送來荷花荷葉的清香，把無聲的嗅覺變為美妙的聽覺，抒發了自己的情感，使迷人的境界增添了無限的韻致，令文章魅力無窮。

　　朱自清的散文《春》用了多感官的手法，對春天的景色進行了生動的描摹。如"花裏帶著甜味；閉了眼，樹上彷彿已經滿是桃兒、杏兒、梨兒"是嗅覺的美。"風輕悄悄的，草軟綿綿的"是觸覺的美。作者恰當地運用修辭技巧把春天寫得美不勝收！

備考點睛

　　散文的修辭技巧是 P2 歷年必考的內容，也是 P1 評論寫作中必須分析的要點。以往的考卷中，有要求分析作者如何運用象徵寓意來擴展和開拓作品的深度與廣度的考題，也有考題要求考生針對作者如何運用語言技巧造成作品"隨意性"進行分析評論。在 IO 講評中，考生也必須通過對所選文本中修辭技巧的分析來闡述文本對全球性話題呈現的方式與效能。修辭技巧包含的範圍廣、內容多，考生應對此特別加以注意。

讀記歸要

39 語氣
Mood

詞語本義

....

　　語氣，是說話的口氣。人們在說話時，說不同的話用不同的口氣；說相同的話，也可以使用不同的口氣。不同的口氣，就表達出不同的情感信息，表現出不同的意味，傳達出說話人的情感和態度。所以，語氣也可以看作是說話人對說話內容所持有的態度。

術語解釋

....

　　在文學作品中，語氣指說話者通過一定的語法形式加上現代漢語的語氣助詞，如"了""呢""吧""啊""嘛"等，進行說明敘述、表達情感態度的方式。

　　語氣體現了說話人的感情色彩，不同的語氣能表達喜、怒、哀、樂、欲、惡、懼等人類豐富的感情色彩，同時也傳遞出說話人是非愛憎的態度。語氣還體現出表述內容的條理順序，語氣的輕重緩急反映出並列、遞進、轉折、因果、領起、總括、主次等邏輯關係，表現了說話者與受眾交流、呼應的密切程度。所以說，語氣就是感情，就是態度，就是內容和意思。

常用的語氣有陳述、祈使、虛擬、疑問、感歎幾大類：

1. 陳述語氣：用來直陳事實，表示動作或狀態是現實的、確定的或符合事實的。

2. 祈使語氣：表示說話人的建議、請求、邀請、命令等。如，"請開門！"

3. 虛擬語氣：表示假設或非事實的情況，也可以是主觀的願望、建議或推測等。如，"如果我是你，我就學英語了。"

4. 疑問語氣：表示疑問。疑問句可分為"有疑而問"和"無疑而問"兩大類。"有疑而問"要求對方回答。"無疑而問"不要求做出回答，如常見的反問句和設問句。反問句在知道真相的情況下故意用疑問的語氣來問，目的是為了加強語氣，製造一種用不可置疑的口氣來表達確定意思的效果。設問是有意提出問題，採用自問自答的形式把確定的意思表達出來，達到提醒讀者的目的。

5. 感歎語氣：表示驚訝、讚歎的語氣。要使用不同程度的感歎詞來配合表達。

語氣體現說話者的感情色彩。兇狠惡毒的語氣表示威脅，親暱輕佻的語氣表示撒嬌，可憐巴巴的語氣表示乞求，聲色嚴厲的語氣表示質問，幽默輕鬆的語氣表示調侃……不同的語氣表達不同的情感。在書面文學作品中，語氣的把握要藉助作品的具體內容，看字詞的感情色彩、意象和意境的營造、藝術手法技巧、句子結構的長短安排等。豐富的思想感情，只有透過變化多樣的語調語氣才能準確表達，感染受眾。

用法舉隅

　　三毛的散文《如果》用虛擬的語氣，表達了自己對身邊事物的觀察與思考。文章充滿了聯想與想象，營造出了一種輕鬆活潑的氣氛，讀起來新奇有趣。而在《沙漠中的飯店》中，三毛採用了一種幽默活潑、任性親暱的語氣，一方面表達了夫妻生活中調笑戲玩的情趣，另一方面也體現"我"在自己異國夫妻生活中對中國文化的的推崇與自傲，突出了作者"我"鮮明的性格特徵。

　　魯迅的散文《藤野先生》愛憎分明，文中採用了多種語氣來表達不同的情感，有尖刻的諷刺，有真摯的讚美，有感憤的責難，有深沉的敘述，有激烈的批判，有深情的感激。如在文章的開頭作者用一種憤慨不屑嘲諷的語氣"東京也無非是這樣"，"實在標致極了"，表達了對"清國留學生"鄙夷反感極度失望的情感。而在文章後面，則用非常敬佩的語氣表達了自己對藤野先生的欽佩感激和懷念之情。"但不知怎地，我總還時時記起他，在我所認為我師的之中，他是最使我感激，給我鼓勵的一個。……他的性格，在我的眼裏和心裏是偉大的，雖然他的姓名並不為許多人所知道。"《藤野先生》的文辭語氣隨描寫對象生動轉換，表達出作者豐富細膩的思想感情，令人回味無窮。

在長篇小說中，語氣可以發生變化。在短篇小說中，語氣往往是一致、單一的。

小說的語氣和敘述者的情感、作品的主題表達有著密切的關係。劉建超的小說《朋友，你在哪兒》的語氣突出表現了作者的情感和態度。小說中"朋友，你在哪兒？"三次出現，這不僅是小說人物的一句問句，也是文章要揭示的深刻含義，作者用反詰句子重複寫出，具有畫龍點睛的作用。

小說中人物的語氣還反映了人物的性格特點：當賈興說"朋友，有機會來玩啊"時"我也打著哈哈說，一定一定"。"哈哈"一詞，將"我"對賈興敷衍的心態表露無遺，人物滿不在乎、敷衍了事的形象鮮明突出。火車開動時，賈興"他還探出頭可著嗓門兒喊：'你一定來啊，不然我可跟你急！'"語氣中表現出當時賈興的誠意。此處表現得越加真誠，就與小說後面賈興的謊言形成越加鮮明的對比，越加暴露出他內心的虛偽。

散文賞評常用術語

另外，兩個人物在打電話過程中的語調、語氣、聲音高低的細節描寫惟妙惟肖，造成了令人忍俊不禁的喜劇效果。小說的語氣諷刺、嘲弄了虛誇不實的社會現象。

備考點睛

在以往的 P2 考卷中，有題目要求考生針對散文作品中作者的聲音、個性進行分析評論。在 P1 的引導題中，也常要求考生對文本的語調語氣作出賞評。作品的聲音和個性往往可以從作品的語氣語調中體現出來，且文本的語調語氣也恰恰是作品風格特色的重要標誌。語調語氣的效用，在 IO 講評中也是一個分析要點。考生在回應時，可以結合這個術語和風格特色一起討論。

讀記歸要

40 含蓄蘊藉
Implication

詞語本義

　　含蓄，即含而不露，不是淺白直露。蘊藉，就是藏在內部，隱藏而不外露。含蓄蘊藉，指言語文字含蓄委婉，意思蘊含在言辭之內，不是一下子把話說盡說透、直白淺露，而是留有餘地容人猜想。

術語解釋

　　含蓄蘊藉指的是作品風格，也指寫作手法。《詩經·蒹葭》開啟了含蓄朦朧手法的先河。含蓄蘊藉符合中國人的審美心理和審美習慣，是中國古典詩歌追求的一種審美境界。詩歌講究情在詩外、意在言外，具有含蓄之美，給讀者留下想象迴旋的餘地，讓讀者自己去發掘其豐富的內涵。

含蓄蘊藉講究用有限的文字表達無限的意思、情感，是中國詩歌特有的"言有盡而意無窮"的美學追求。詩歌的含蓄蘊藉包括兩方面：一是指詩歌內容隱約深邃，具有一定的隱蔽性和不確定性，不能一下子明言透徹，值得讀者反覆揣摩；二是表現手法曲折多樣，如採用比興、借代、暗示等曲筆的寫作手法，留出想象空間，傳達言外之意，讓讀者從有限的描述中體會和發掘作品中蘊藏的深刻意蘊。

為了達到含蓄蘊藉的目的，詩人可以利用漢語的特性，使用多種修辭技巧，如留白、隱喻、象徵、比興、引用典故、假想代擬等方法使詩意含蓄隱晦、多層多樣、含混豐富。作品意蘊豐富才能為不同的讀者進行多層次、多角度的挖掘解讀提供可能，創造出回味無窮、含蓄蘊藉的詩歌意境。

含蓄蘊藉而不是直白淺陋，也是中國散文、小說等作品的審美追求。

用法舉隅

古代詩歌採用多種藝術手法實現含蓄蘊藉的審美追求：

1. 利用比興：比興能使詩歌含蓄多味。比興託物寓情，要讀者自己從中感發體會，比直接告訴讀者要含蓄委婉。

2. 製造空白：詩歌寫作時，內容和表達的感情不予直接說出，更不能全部說出，而是點到為止，特意留下大片空白，讓無限的內涵通過有限的畫面表現出來，讓觀者產生無限的想象，給欣賞者留下思考和想象的空間。比較李白的《贈汪倫》和《黃鶴樓送孟浩然之廣陵》。《贈汪倫》直接點出與友人的別情：“桃花潭水深千尺，不及汪倫送我情。”《黃鶴樓送孟浩然之廣陵》的表現手法婉曲含蓄，沒有表明要抒發的是什麼情，沒有直接說出自己的感受，而是從自然景物著筆，描繪一個送別者久久佇立，看著友人的影子漸漸消逝在碧空之下，眼前只剩下滾滾江水在天地間流淌，還不忍離去。“孤帆遠影碧空盡，惟見長江天際流”把惜別的深情隱含在景物的描寫之中。這種留有空白、不直接點出的手法就使得作品含蓄蘊藉，耐人尋味。

3. 意在言外：意在言外是詩歌創造含蓄美的重要手法之一。如李白的《玉階怨》中描寫了一位宮女室內室外徘徊望月的動作情態，全詩僅落筆於眼前的“玉階”“白露”“羅襪”“簾”等細小物件上，反映的卻是一種深刻的內心感受。這種感受從字面的描寫不能找出，只有靠想象的力量來領會，寓意深沉、意在言外。詩歌作品中常常使用以此寫彼、意在言外的手法，達到作品含蓄蘊藉的藝術效果。

4. 假想代擬：詩人為了曲折含蓄地表達自己的內心情感，採用假想身份、代他人抒情的方法來作詩。詩歌中有許多假想代擬女人的閨怨作品，藉此曲折表達作者的人生感受，達到含蓄蘊藉的藝術效果。李白的《長相思》借表現思婦孤獨愁苦的內心世界，來寄託作者自己人生苦短、懷才不遇、理想不能實現、現實沒有出路的情懷。詩人通過想象，極力摹寫一位思婦的舉止情懷，展現出傷離恨別、徹夜無眠的情景和思緒，借衰瑟淒清的景物來渲染和烘托，突出其哀苦之情。《長相思》暗寓了作者的政治理想和人生理想，以美人的思念含蓄曲折地表達自己的失落和悵惘，流露出對現實社會的不滿與批判。

閱讀魯迅的《野草》能感受到豐富深刻的內涵意蘊，領悟到作品具有中國古典詩詞一般的含蓄蘊藉的風格特色。

構成這種風格特色的原因很多，除了時代社會對作品內容的影響之外，作者所採用的表現手法也是重要的因素。

首先，作品使用了象徵暗喻的手法來熔鑄意象，表達思想抒發情感，每一個具體的意象中都具有多重的象徵寓意。作者把自己對周圍世界的看法、自己內心矛盾複雜的感受，非常巧妙地寄託在這些意象之中。所以，這些看起來描寫逼真的人、事、景、物的意義，遠遠超越了字面的意思，包含了作者極其豐富深刻的主觀情感色彩，具有更為廣泛、普遍的哲理意蘊。

其次，作品中意識流手法的運用和大量夢境的描寫，把現實的生活情境和想象幻化出的景象相互結合起來，給人一種時而逼真清醒，時而荒誕迷離，時而謹嚴肅穆，時而瘋狂大膽，亦真亦幻、意象紛呈、表裏交織、撲朔迷離，讓作品變得層次豐富、蘊含無窮、難以言傳。

另外，作品中使用的語言，也是詩一樣的語言，凝練簡潔、詩味濃郁。

可見，作者寫作散文沒有運用直陳其事、直抒其情的表現手法，而是運用了象徵隱喻的手法，構成特殊的意境，造成濃厚的氣氛，表達深遠的寓意思想，因此造成了作品隱晦含蓄，而不是直抒胸臆、直白透徹的風格特點。

備考點睛

含蓄蘊藉這個詩歌賞評的術語也被廣泛應用在散文創作中，成為品評散文成就高低的一個標準。在以往的考卷中，有要求考生討論散文作品"含蓄"與"直白"的表現手法對作品意義傳達的不同影響作用的題目，也有要求考生分析散文作品的"詩意"體現在何處的題目。考生可以結合各種修辭手法予以回應。

讀記歸要

41 風格
Style

詞語本義

"格"具有法式、標準的意思。風格，最早是指人的氣質、風度、品格，後來才用於文學評論，用來概括文學創作者和作品的特點。

術語解釋

風格指一部作品整體上呈現出的、具有代表性的獨特風貌。風格是一部作品內在特性的外在印記。風格反映出作家的審美理想、精神氣質，和作家受到的時代、社會文化因素的影響密切相關，能體現出作家創作的成熟程度。

風格的形成由主觀和客觀幾方面的因素決定。一個作家風格的形成與作家的人生經歷和社會環境密切相關。主觀上來看，不同的人生經歷、思想觀念、藝術素養、個性特點、審美理想，決定了不同的作品風格。客觀上來看，作家所隸屬的時代、所生活的社會環境、所擁有的民族文化背景，影響著作品的風格。另外，一部作品的題材內容、體裁形式，也對作品的風格特色有所制約。

一部作品的風格就是作品的總體特點，是區別於其他作品的標誌。不同作品就像是不同的人一樣，由於各種因素的作用，呈現出不同特色，形成不同風格。

就一部作品來說，風格體現在以下幾個方面：

1. 選材角度：每個作家對寫作題材的選擇都具有獨特性，各自對人生社會的理解感受都是獨特的。

2. 書寫方式：每個作家使用的創作手法都是獨特的。

3. 運用語言：每個作家使用詞句語言的能力是不同的，在語言的表達上具有獨特性。

從幾個重要的方面可以看出作品的風格特色：

1. 內容上：從作品描寫對象的特點、文章立意的深廣、作者個人感悟的深刻程度等方面，能看出作品的風格特點。

2. 形式上：從作家塑造作品形象的手法、架構文章的方式、使用慣用手法的獨創性，抒發情感、闡明哲理的方法等方面，能看出作品的風格特點。

3. 語言上：從詞語、修辭手法、語氣和語調、詞語的色彩、句子的長短形式、修飾詞語的使用，能看出作品的風格特點。

　　文如其人，不同作家的語言表述方式不一樣，作品的情緒節奏、語調色彩各異，構成了幽默、明快、輕柔、儒雅、辛辣、平實自然、簡潔明快、含蓄深沉等不同的風格特色。

用法舉隅

　　散文作家選用不同的題材內容、使用不同的語言材料形成了不同的語言風格。

　　朱自清寫景狀物的散文擅長精細的工筆描述，在描寫事物時，不僅僅能利用各種修辭技巧做到繪影繪形，還善於利用各種描寫聲音的詞彙做到繪聲繪音，配合文章的內容情感，形成了一種特殊的語氣語調，構成了作品的風格特色。在《春》一文裏，作者寫道："鳥兒將巢安在繁花嫩葉當中，高興起來了，呼朋引伴地賣弄清脆的喉嚨，唱出宛轉的曲子，跟清風流水應和著。牛背上牧童的短笛，這時候也成天嘹亮地響著。"句子中，響徹著鳥兒的歌聲、清風流水聲、牧童的短笛聲，合奏成一曲活潑歡快的春之歌，給人一種親切、輕鬆、自然的感覺。

　　此外，善於使用重疊詞也構成了朱自清散文的語言特色。如《春》中，"小草偷偷地從土裏鑽出來，嫩嫩的，綠綠的"，

"上燈了，一點點黃暈的光，烘托出一片安靜而和平的夜"，"風輕悄悄的，草軟綿綿的"，"他們的房屋，稀稀疏疏的，在雨裏靜默著"。這些散落在句子中的重疊詞，增加了作品的情感色彩和描繪色彩，突出了朱自清散文抒情濃厚、語調和緩、細膩動人、感染力強的風格特點。

朱自清記人記事的作品，多寫親友交往、家庭瑣事，注重以日常口語誠懇道來。這些平凡無奇的小事在朱自清筆下真實感人、催人淚下。《背影》裏的父親為"我"買橘子過鐵道的背影感人至深。作品的語言樸實無華，親切自然，形成了真摯樸實的風格特色。

可見，朱自清散文的風格是絢爛多彩的，既有清新秀麗、含蓄雋永的，又有質樸平易、真摯感人的。

徐志摩的作品言我之志、抒我之情，體現了作者對身邊社會和世界的觀察，傳達出他對人生社會的真知灼見。他的文章個性張揚，字裏行間透露出一種獨特的情調與氣氛，反映出作者既浪漫又現實的個性。

徐志摩的散文《想飛》情感熱烈，追求真誠，崇尚自由，天馬行空。善用象徵手法是這篇作品引人注目的特點之一。文章的標題"想飛"本身就包含象徵的意味，表達了脫離束縛、嚮往自由的願望。文章用詞、意境和韻律上有很強的表現力。文章中詞語的使用、原文的引用，突出表現了中西文化結合的特點。作者講究構思，將描寫、敘事、抒情、議論完美結合起來，充分表達了其對人生夢想與現實的看法。作品語言清新流暢、典雅秀美，作者內心情感和作品所描寫的事物和諧融合，表現出作者鮮明的個性氣質和瀟灑自如的作品風格。

備考點睛

風格就是作家作品的特殊標誌，是作品的聲音也是作者的個性。因此，無論是文學文本還是非文學文本，每一部作品都會有自己的風格特色。在 P2 考卷中，有題目要求考生對散文作品的風格進行討論。在 P1 的引導題中，也常要求考生對文本風格特色作出賞評。在 IO 講評中若能針對文本的風格進行分析，也有助於對文本如何呈現全球性話題的闡述。考生應該切實理解和掌握這個術語的用法。

讀記歸要

第三部分

小說賞評常用術語

42 敘述者
Narrator

詞語本義

　　敘述者，就是講述的人。在口頭敘述中，敘述者是個真實具體的人，如電視節目中的主持人。在非文學性的書面敘述中，如歷史、新聞報道中，敘述者與作者往往兩者合一是同一個人。在敘事文學作品中，敘述者的情況比較複雜，敘述者不等於作者，也不完全是作品中的人物，敘述者只是作家創造出來的具有敘事功能的角色。

術語解釋

　　在文學作品中敘述者指故事的講述者。以小說為例，敘述者有如下幾個特徵：

小說賞評常用術語

首先，敘述者不等於作者。作者是現實生活中真實的人，是文學作品的署名人，是虛構的小說世界的創建者。敘述者只是作者創造出來的角色，作者可以利用他來講述故事，也可以利用他對整個小說進行規劃編排。所以，敘述者是小說故事的講述者，但敘述者在小說中所起的作用不僅僅是講述。

其次，敘述者不完全等同於故事中的某個人物。在同一部作品中作者可以虛構出不止一個敘述者來講述同一個故事。因此，在有些作品中出現了多個人物分擔敘述者或共同擔任敘述者的複雜情況。

再次，敘述者的形式多種多樣，有時以人物形象出現，成為小說中的主人公或見證人、目擊者；有時以非人格的形式出現在小說中或隱蔽在小說外，如，小說《偷書賊》的敘述者是"死神"。

此外，敘述者是作者的代言人，是作者的"替身"，替作者說出想要說的話。作者往往賦予敘述者超越故事人物的智力與能力，發表一些對人物和事件的評論，表明自己的主張。敘述者透過自己獨特的聲音，成功地把作者的話語傳達給讀者。

敘述者在小說中佔據著舉足輕重的位置，具有多重功能與作用。敘述者在作者、作品人物和讀者之間建立起複雜而真誠的溝通交流關係。

用法舉隅

　　敘述者是小說作者的代言人，承擔了由現實生活世界進入小說虛構世界的橋樑作用，把作者、作品人物和讀者聯繫起來，並把作者對社會評價的標準和觀念傳達給讀者，促使讀者認同接受。

　　閱讀《女人之約》，我們可以感受到作者畢淑敏對女主角"大篷車"的深切關注同情。作為作者的代言人，《女人之約》的敘述者把作者苦心隱藏的情感巧妙地傳達給讀者。讀者看到，從內心深處來說，"大篷車"希望能夠從過去的陰影中走出來，得到別人的認可和尊重，過上和普通人一樣的正常生活，所以她主動請纓替廠裏收債。可是，現實生活中一群褊狹自私的人卻漠視她的努力，他們對"大篷車"不予以理解和關懷，在享受了她努力成果的同時，還要對她品頭論足、批評嘲笑。女廠長就是一個代表，她看不起"大篷車"，不尊重她的人格，輕易地出爾反爾，毫無誠信可言。小說借敘述者蘭醫生向讀者傳達出的這層意蘊，讓讀者認識到舊觀念的極大影響和害處，看清楚了社會中的不合理現象。

　　敘述者機敏地將作者的評價隱藏、疏散、滲透到一些細節描寫、比喻等修辭話語中，"大篷車"臨死前的言行和女廠長的言行形成了鮮明的對比，其中包含了作者對人物的評價，暗

小說賞評常用術語

示了對廠長背信棄義的譴責。通過敘述者，讀者聽到了作者發自內心的感歎，並產生情感共鳴。

敘述者可以大致分為深層敘述者和表層敘述者兩大類。

表層敘述者，或稱為偽敘述者，敘述者"我"不是故事中的主要人物，只是故事的見證者或轉述者。"我"對真正主人公的性格和命運不產生重要影響。作者對"我"也沒有進行特別的性格刻畫，"我"的形象是模糊的，只是一個"傳聲筒"而已。白先勇的小說中大都存在這樣一個敘述者。如《一把青》中的師娘"我"，作為一個故事角色，不是故事的主要人物，只是見證者或牽線人。

表層敘述者"我"作為作者與讀者的中介，在處理故事情節時比較靈活，不必把主人公的生活經歷從頭至尾地予以敘述，可以只對與主旨相關的緊要部分進行敘述。對其中無關主題的事件，可以採取讓"我"不和主人公在一起，或者"我"離開，或者故事的主人公遠離的辦法來省略掉。如《一把青》中只寫師娘與她年輕時初遇以及如今變化後的故事。這樣的處理大大節約了敘述筆墨，也使整個故事非常緊湊。

深層敘述者，也被稱為真敘述者，敘述者"我"就是故事中的主人公，敘述自己的故事。西西《像我這樣的一個女子》中的"我"就是一個深層敘述者。

備考點睛

....

　　能否正確理解小說敘述者的概念，體現出考生對小說文體虛構特點是否掌握。容易犯的錯誤是：考生把小說中以第一人稱 "我" 出現的敘述者當成作者本人。這一點在閱讀理解和評論寫作中應特別注意。

　　在對作品進行評論時，要特別關注文本中敘述者的特殊作用、敘述者的立場觀點如何對讀者產生影響、敘述者的設置如何對作品語言風格發生作用，以及如何討論敘述者 "我" 以當事人身份講故事等，這些都是歷年考題中頻頻出現的考點，不容忽略。

讀記歸要

小說賞評常用術語

43 敘事視點
Narrative perspective

詞語本義

　　"視"指注視、觀看。視點，指觀察事物的著眼點。敘事視點，指作者在安排組織故事內容時所選擇的著眼點，也就是讓"誰"站在什麼"位置"以什麼角度來講故事。

術語解釋

　　敘事視點和敘事視角彼此關聯，小說敘事中三種最基本的視點和小說敘事的三種視角相對應：外視點對應純客觀視角，又叫外視角；內視點對應限制視角，又稱內視角；混合視點對應全知視角。

　　三種敘事視點各有優劣：

1. 外視點：外視點是從外部觀察的敘事觀點，採用純客觀視角的敘事模式。敘述者像是一個事件的局外人，對所敘述的事不僅不全知，可能比其他人物知道的還要少，所以他不能講他看不到的東西，只能講他看到、聽到的事情。敘述者不進入人物的內心，不對人物行動做任何評價，只充當攝像機的角色，做如實客觀的記錄。這種敘事觀點突出一種冷峻的客觀性，產生一種身臨其境的真實感，極富戲劇性，因此被稱之為"戲劇性視角"，可使作品神秘莫測、富有懸念、耐人尋味、引人入勝，給讀者極大的想象空間。許多科幻小說喜歡使用外視點。

2. 內視點：內視點是內部參與的敘事觀點，採用限制視角的敘事模式。敘述者是故事中的一個人物，親身參與了整個事件，可以直接表達人物的內心感受，容易將讀者帶入故事中去，有助於讀者更加深刻地理解人物與事件，更具真實性、親切感和說服力。

3. 混合視點：混合視點是內外皆知的敘事觀點，採用全知視角的敘事模式。全知視角視野開闊，便於全方位地描述人物和事件，適合表現時空延展度大、矛盾複雜、人物眾多的題材，如史詩性的作品。由於全知視角只有一個敘述者的聲音，讀者只能被動地接受故事，表面看起來最靈活，實際上卻拉開了讀者與故事人物的距離，不能留給讀者充足的再創造空間，不符合現代人的欣賞習慣。

短篇小說限於篇幅，一般只使用一種敘事視點。長篇小說則可以交叉使用多種敘事視點。

用法舉隅

確定適當的視點是敘事文學作品中極為重要的技巧。作者根據內容的需要安排敘述者的立場位置，規定敘述者的身份、觀察的角度：可以讓他成為故事的目擊者，也可以讓他成為故事的當事人；可以讓他置身其中作為主要角色，也可以讓他超然事外作為轉述者；可以讓他掌控故事全局洞悉所有內情，也可以讓他對故事只瞭解局部一知半解；可以讓他作為一個真實的歷史人物，也可以讓他作為一個虛構的神魔意象。

余華的《活著》選用了兩個不同時空中的敘述者來講述故事，先用一個全知視點來轉述故事，拉近故事與讀者的距離；然後用男主角的內視點來講述故事，達到真實、細緻、生動感人的藝術效果。可見選取恰當的敘事視點，是小說作品成功的重要因素。

二

混合視點可以理解為全知全能的視點加上主人公的單一視點，就是先通過全知全能的觀點進行必要的時間、背景的交代，隨後轉換為主人公的單一視點，以深入主人公的內心，是一種遠近交融的手法。

白先勇的小說《金大班的最後一夜》中就使用了這種混合視點。小說開篇敘述一場宴會的結束，用的是全知全能的視點，交代了小說發生的場景在台北夜巴黎，金大班是這裏的舞

敘事視點

女。接下來從金大班駁斥童經理開始，用的是金大班的視點。作者通過她的眼光去觀照和敘述其餘的人物和事件，隨著她的心理流動回憶過去的事情，展現金大班的一生。混合視點使作者具有更自由的表現力，可以隨意地將視角在"全知"的外視點和"自知"的內視點間自由轉換。

白先勇的早期作品多為內視角敘述，而成熟期的作品多為外視角和全知視角敘述。他的小說中還有眾多的視角轉移和視角越界現象。

小說採用次要人物的內視點敘事，是通過作品中一個當事人的眼光和角度來講述故事、表達看法和感情。畢淑敏的《翻漿》就採用了這樣的敘事模式。由於敘述者"我"不能進入主要人物的內心，所以對乘車人的刻畫是從他的外部動作展開的，讀者不知道他的心理活動。在開篇伊始，乘車人的真實身份誰也不知道，這必然造成懸念和期待，結尾好像做了些許暗示，但仍無明確的回答，因此激起讀者對人際關係的思考。這也許正是作品的意圖所在。讀者面臨許多空白和未定點，閱讀時不得不多動腦筋，故而他們的期待視野、參與意識和審美的再創造力得到了最大程度的調動。

備考點睛

　　敘事視角、敘事視點、敘述人稱是幾個相互聯繫不可分割的概念，對於賞析評論敘事文學作品的考生來說是一個避不開的雷區，容易混淆不清。初學時，可以採用列表的方式，使之一目了然，搞清具體所指，以便準確使用。

讀記歸要

44 敘述人稱
Personal narrative

詞語本義

　　人稱，是一個語法專用詞，特指三種人稱：第一人稱、第二人稱和第三人稱。

術語解釋

　　敘述人稱是敘事作品中一個重要的術語。選擇“你”“我”“他”三種不同的敘述人稱，決定了敘述者透過什麼人的眼睛來看故事，從什麼人的角度來說故事。人稱不同，說故事的人和故事的關係不同，帶給讀者的感受也不同。在小說作品中，敘述者最常採用第一人稱和第三人稱。

　　第一人稱，即敘述者採取第一人稱“我”的自敘方式。第

小說賞評常用術語

一人稱"我"包括主人公（主要人物）和見證人（次要人物）兩種。這種人稱常和限制視角、內視角連在一起。

敘述者"我"作為主要人物敘述自己的故事，可以袒露內心深處隱秘的東西，揭示主人公的深層心理，具有較高的親切感和真實性。現代小說多採用此種敘述人稱。

敘述者"我"作為次要人物以一個見證人的眼光和角度來講述故事，比主要人物講述更有優越性，更方便讀者瞭解不同人物的所做所想。一方面，敘述者作為目擊者、見證人的敘述可以使主要人物的形象更完整；另一方面，敘述者在敘述過程中對人物和事件做出的感情和道德評價，使作者表達見解感情更加方便靈活，敘事更加生動活潑。此外，敘述者還可以將不同人物進行比較，讓讀者從不同角度瞭解人物。有時，敘述者本身就形成了與主要人物之間的映襯、矛盾、對話關係，以此推動情節的發展。

採用第一人稱，因為敘述者只是小說中的一個人物，所知道的同這個人物知道的一樣多。敘述者要藉助這個人物的感覺意識，從人物的視覺、聽覺的角度去傳達一切，不能脫離這個人物向讀者提供未知的東西，也不能隨意地對事件做出解說，許多情節也只能用旁聽、猜測等方式來表達。

由於讀者所看到的一切都經過了敘述者眼睛的過濾和加工，讀者可以通過人物的眼睛洞悉故事的人物情景，直接進入故事人物的內心，真實自然地經歷視角人物所思所想，體驗人物的情感。

第三人稱，即敘述者採取第三人稱的敘述方式。這種人稱常和全知觀點連在一起。全知觀點敘述者立於全知者地位，不是故事中任何一個角色，而是一個不涉入故事中、獨立於故事外的敘述者。敘述者不受時間、地點、人物的限制，可以突破時空障礙講述不同時空中發生的事情，隨時揭示出人物的內心感受，隨時對事件做出評論，讓讀者瞭解故事中各個角落發生的每一件事的每一個方面。敘述者可以自由進入任何角色的意識，去描寫角色的經歷見聞、對白行動、思想情感。中國文學名著《紅樓夢》《今古奇觀》就是如此。

第一人稱和第三人稱觀點皆有一定限制。敘述者的敘述範圍只限於第一人稱和第三人稱角色的所見所聞、所思所感。第一人稱和第三人稱角色未經歷、不知道、被隱瞞的事，讀者也就不得而知。

也有一些作品，採用全知視角的第三人稱和內視角第一人稱相結合的方法敘述。敘述者是一個獨立於故事外的敘述者，但有時聚焦在作品中的一個角色身上，持續進入角色的意識，專注描述角色的經歷和心路，詳述角色的想法和感覺。白先勇的短篇小說《金大班的最後一夜》就是如此。

用法舉隅

　　西西的《像我這樣的一個女子》用第一人稱敘述故事，細膩地刻畫了人物的心理活動，突出了人物獨特的性格特點。"我"這個人物是一個處在社會低下階層的卑微角色，"我"的聲音一直被習慣和偏見重重壓抑著，所以"像我這樣的一個女子"是不被人們注意和關心的。在"我"要面臨一個重大的決定時，沒有傾訴的對象，沒有相商的知己，只有自言自語講出自己內心的情感經歷。這種自我的傾訴也是"我"在不得不做出人生選擇時所進行的一個必要的思考和自我答辯。這種自述角度的選用，恰到好處，頗具匠心。"我"從自己的角度，重敘了一段特別的經歷，講述了一個"不該發生的"愛情故事。讓讀者從"我"的講述中，聽到與社會主流有差異的個體聲音。

　　小說的講述者和小說中的人物結合為一，讓故事的講述者通過講述帶領讀者直接進入故事人物的內心，閱讀者和講述者一起體驗小說人物的活動經歷、情感變化。小說中"我"獨坐在咖啡店那個幽暗的角落裏，神情憂鬱、語調平穩地回溯著往事："我"如何與夏相識進而相愛，怎樣渴望和期待著愛情……現在"我"正迫切地等待夏的到來，要帶夏去看"我"工作的地方，向夏公開自己的職業。"我"的講述如此多情又如此冷靜，一邊講述，一邊想象夏在知道了"我"的職業後該是怎樣的驚恐。按照過去的經驗，"我"想象夏知道了"我"

的職業是給死人化妝而不是給新娘化妝之後，一定會無法接受，從 "我" 身邊逃離遠去。這樣的敘述方式，親切可信，真實生動，給讀者帶來了一種近距離的享受。

明代《三言二拍》中的小說多採用第三人稱的全知敘述。全知敘述不受時間、地點的限制，可以隨時展示人物的活動，揭示人物的感情。如，《賣油郎獨佔花魁》對莘瑤琴與賣油郎秦重進行了多角度和全方位的刻畫，不僅對人物的外部言行進行了生動描寫，更直接描摹人物的心理活動。秦重初見 "花魁娘子" 時，既驚又喜，既自卑又自豪，既想追求又有擔心，"千想萬想"，下決心積錢求見。作者將他的心底波瀾刻畫得紛繁複雜，入情入理，表現了一個小商人在晚明時代勇於進取的精神，再現出一個懷春青年初戀時的內心情懷。細膩精緻的心理描寫，讓讀者可以全方面理解人物形象。小說結尾處，全知敘述者給歷經苦難的男女主人公一個大團圓結局，滿足了市民百姓的理想和願望，從而實現了作者懲惡揚善的教化主張。

備考點睛

敘述人稱看似簡單，但是在進行文本分析時可能會出現複雜的情況。考生要結合文本仔細分析。如，有些第一人稱的敘述者是作品的主要人物，有些則不是。所以，必須認真考察，才能對作者的選擇以及所產生的不同效用作出準確的評論。

讀記歸要

45 敘述接受者
Narratee

詞語本義

　　敘述接受者，指的是收聽或收看的人。口頭敘事文本的敘述接受者就是聽眾，書面敘事文本的敘述接受者通常就是讀者。

術語解釋

　　有敘述者，就有敘述接受者，敘述接受者與敘述者互為前提，敘述接受者是敘述者的受眾，也是和敘述者進行對話交流的對象。

　　在敘事性文學作品中，就像敘述者不等同於作者一樣，敘述接受者也不能和讀者等同。讀者是現實生活中的真實存在，而敘述接受者是敘事作品中故事的參與者，是作品中虛構的角色。敘述接受者也不等於隱含讀者，隱含讀者是作者構想出來的讀者形象，他隱身於文本中，充當作品的全面接受者。敘事文學作品中的敘述接受者必須與作者創作虛構出來的敘述者互相依存，可以說敘述接受者是作品中敘述者的忠實聽眾，在大多數情況下與敘述者一起走完故事的全部歷程。

敘述接受者在作品中有時有明確的稱謂，如"列位""諸位""看官"，或者第二人稱"你"等。敘述接受者有時並沒有明確的稱謂，他在作品中保持沉默，不出聲，不現身，默默地聆聽敘述者的講述，這類敘述接受者被稱之為"潛在的敘述接受者"。

敘述接受者的身份多樣，有單一身份的敘述接受者，也有身兼二職的敘述接受者。單一身份的敘述接受者在作品中只充當一個敘述接受者，是純粹的聽眾，與所敘述的故事無關，對故事本身不產生影響。"你"只是因為"我"要講述"我"的故事而存在，起的作用就是敘述者與讀者之間的中介。敘述者通過敘述接受者向讀者傳遞敘述意圖。敘述接受者會直接影響到讀者對敘述者的態度和對故事的判斷力。另一種類型的敘述接受者是故事中的人物，是敘述者傾訴的對象。這種敘述接受者在作品中有著雙重身份，既是故事中被講述的人，又是故事的敘述接受者。這樣敘述接受者往往是故事中的一個角色，和故事中的男女主人公有一定的關係，見證了整個故事的發展。這種敘述接受者和小說人物之間錯綜複雜的關係能增加文本的張力和對讀者的吸引力。茨威格的小說《一個陌生女人的來信》中的男主角就是一個典型的敘述接受者。他是敘述者 "女人" 講述的接受者，也是故事中的一個人物。

用法舉隅

畢淑敏的短篇小說《翻漿》《斜視》《一厘米》《不會變形的金剛》均以第一人稱 "我" 的傳奇經歷為故事線索展開故事敘述。"我" 是故事的敘述者，也是故事的親歷者和當事人。"我" 在敘述故事時並沒有一個特定的敘述對象，即敘述接受者，或者我們可以理解為小說把所有的讀者都作為隱形的泛敘述接受者。

西西的小說《像我這樣的一個女子》是把故事作為對生命感悟的詮釋方式來寫的。作者在故事講述中融入了許多關於人生與命運的思考。這種非常隱秘的內心世界的感悟是為了一個特定的敘述接受者而講述的，這個敘述接受者就是講述者自己。故事的敘述以 "自我對話" 的形式展開。"我" 以對話的方式進行反思，"敘述者" 在反思時有一個具體可感的傾訴對象——自我。自我這個敘述接受者的設定使得整個故事的敘述更具主觀抒情性，也使得受眾在接受的時候更覺真實可信。

讀過塞林格《麥田裏的守望者》的讀者，一定對作品中的敘述接受者“你”印象深刻。

小說一開始，敘述者“我”對敘述接受者“你”說：“你要是真想聽我講，你想要知道的第一件事可能是我在什麼地方出生，我倒霉的童年是怎樣度過，……可我老實告訴你，我無意告訴你這一切。”在小說的講述過程中，“你”不斷出現：“我忘了告訴你這件事”，“你這一輩子大概沒見過比我更會撒謊的人”等。這個敘述接受者“你”和小說的情節內容沒有任何關係，只是充當了敘述者“我”故事的聽眾。小說中“我”與“你”形成一種心靈對話，“我”向“你”傾訴“我”的流浪生活，“你”在文本中是個默默的聆聽者，從頭到尾在洗耳恭聽“我”的故事，分享“我”的痛苦或快樂的回憶、“我”的苦悶彷徨的內心感受。小說最後首尾照應：“我要跟你談的就是這些。我本來也可以告訴你我回家以後幹了些什麼，我怎麼生了一場病，……可我實在沒那心情。”

由此可見，在這部小說中，“你”是敘述接受者，也是敘述者與讀者之間的一座橋樑。敘述者向敘述接受者傾訴，其實是向讀者傾訴，敘述者向敘述接受者表白心跡，其實是藉此向讀者傳遞他的內心感受。讀者通過“你”這個敘述接受者，更好地接受了敘述者的故事和想法。作品因此更具感染力。

備考點睛

　　在 IB 課程中，受眾的概念一再得到突出強調。考生要注意在對各種體裁類型文本進行分析評論時，務必結合作品的語境對敘述接受者進行分析研究，加深對作品的理解。在口頭和書面的評論中應該有意從敘述接受者的角度進行論述。在 IO 講評中，特別是對非文學文本的分析，必須結合受眾來討論文本的意圖和效果才有意義。

讀記歸要

小說賞評常用術語

敘事時間
Narrative time

詞語本義

　　敘事時間，是敘事學的一個術語，包括文本時間和故事時間。文本時間，可以理解為講述故事的時間。故事時間，指故事從開始到結束所經歷的自然時間。

術語解釋

　　敘事時間，包括文本時間與故事時間，兩者在敘事文學作品中相互作用、相互影響。故事時間，指故事發生的自然時間狀態，由故事長度本身決定。文本時間，指文本敘述故事的時間狀態，可以叫作講述時間，由敘述的長度決定。

　　有的小說中講述時間和故事時間同步，但在很多作品中兩者不同步，甚至差別很大。以西西的小說《像我這樣的一個女子》為例，小說的講述時間很短，是敘述者坐在咖啡館裏等待男朋友出現的時間，她一邊等待一邊講述自己的人生經歷。而小說的故事時間卻很長，從她的父母、姑媽等那一代人開始，一直到她講述的此時此刻，延續了幾十年、幾代人的時間。

可見，小說作家為了凸現故事的某種特殊含義，或取得某種特殊的敘事效果，可以根據需要對故事時間進行處理，將它伸長或縮短、打斷或連接、延長或停止，運用順、逆、倒、插等多種手法，重新對故事時間排列組合。所以，讀者看到的故事時間不等於真實故事發生的實際時間。

小說的講述時間在作家筆下可以靈活變化。時間的延長和縮短可以像一把扇子似的打開或者摺攏。打開來，一件小事可以寫成一本厚書；摺回去，幾代人的經歷可以寫成一個短篇。

小說對敘事時間的處理有兩種最基本的方式：其一，作者可以按照事件發生的時間順序來講故事，使講述時間與故事時間一致。其二，作者可以打亂事件發生的時間順序來講故事，使講述時間與故事時間不相一致。不同的處理方法體現出作家獨特的審美追求。如，魯迅的《祝福》採用倒敘手法，而不按祥林嫂由年輕到年老到死的生活順序。《狂人日記》按心理時間的順序，二十年前的事、前幾天聽到的事、年幼時聽到的事、妹妹的死、四五歲時聽到的事交錯排列，形成時間疊印現象。馬爾克斯的《百年孤獨》不受時間順序的局限，任意顛倒時間。韓少功的《爸爸爸》則故意淡化敘事時間，從頭到尾都沒提過故事發生的具體時間。

用法舉隅

　　傳統小說家對敘事時間的處理採用了由頭至尾依次道來，使故事時間與講述時間保持一致的辦法，按照順序講述故事的發生、發展、高潮、結局。這樣的小說頭緒簡單、線索清楚，一般的通俗小說常用。

　　現代小說家對敘事時間的處理方法不同於傳統小說，小說敘事不再是線性敘述，而是向多維空間發展，將過去、現在、未來三者融為一爐，變化多端。小說可以突破講述時間的單向性，改變從頭到尾的老格局，運用順、逆、倒、插多種方法打亂故事時間，重新排列組合，開拓小說表現的空間。

　　白先勇的小說《金大班的最後一夜》中，講述時間是金大班做舞女的最後一夜，這一夜她經歷了和姐妹喝酒、化妝和跳舞幾件事情，是現實的時間。第二天，她將嫁給陳老闆，從舞女成為老闆娘開始未來的生活。這一夜她不斷回憶她在上海的事情，講述過去時間的往事。故事的時間是過去和現在，身處台北回憶上海，跨越了兩個不同的時空，展示出故事廣泛的時空內涵，揭示了深刻的主題意蘊。

小說的敘事時間可以是現實的，也可以是虛幻的。虛幻的敘事時間可以是過去，也可以是未來。虛幻的敘事時間，在神話、傳說、魔幻、科幻等小說作品中普遍存在。有些小說中對夢境的描繪就是採用了虛幻的敘事時間。

中國古典小說常常藉助神話，採用誇張虛構的手法，使敘事時間變得亦真亦幻。如，在小說敘述發生危機的時候，按時間順序難以深入下去，就用超現實的力量來推動情節的發展，使故事發生新的轉機，把很短的時間內發生的事情拉長，或把進行很長時間的事情縮短。比如，《西遊記》《封神演義》等作品中天上一日，人間一年是一個例子。又如，《南柯太守傳》中，主人公做了一個夢的時間，講述了他一生幾十年的人生經歷。

在魔幻、科幻小說中，小說的敘事時間既可以是真實的現實時間，也可以是荒誕不經的虛幻時間，兩者可以相互交織在一起，產生出亦真亦幻、撲朔迷離的藝術效果，讓讀者進入一種神奇的境界。

備考點睛

巧妙安排小說的敘事時間是現當代小說非常重視的一個技巧。除了魔幻、科幻、穿越等小說作品中虛構誇張之外，還有許多小說是以人物的心理時間為線索展開敘事的，如意識流小說依心理意識進行敘述、組合情節，造成錯亂顛倒的效果。以往的中短篇小說考卷中，要求考生針對小說“虛假的表象”與“真實的實際”之間反差的現象進行分析。考生可以結合作品內容與敘事時間一起討論。

在進行 IO 講評和 P1 寫作時，從敘事時間入手是一個很好的切入角度。在 HLE 或 EE 寫作中，敘事時間可以成為一個很有文學性和研究分量的選題。

讀記歸要

47 敘事距離
Narrative distance

詞語本義

　　距離，是指物體之間在空間或時間上相隔相距的長度，也可以指思想認識、感情體驗等方面的差距。

術語解釋

　　敘事距離是敘事學中的一個重要概念，在敘述文學作品中對文本的主題、人物、結構起著控制作用。

　　在敘事文學作品中，敘事距離指兩方面的內容：其一，指作者寫作時間和故事發生時間之間的距離。比如，少年時代的生活到老年以後才寫，在內地的生活經歷等居住在香港後才寫。一般來說，經過一段時間的沉澱和情感的過濾，經過作家內心的提煉，對以往經歷過的事情會有更全面完整和客觀公正的看待。其二，作品中故事敘事時間與故事發生時空間的距離。敘述者對敘述接受者講述一個已經發生了很久的故事，造成了一種"距離敘事"。敘述時空距離的存在使得敘述者能夠對生命中所經歷的人與事，痛苦與歡樂做出更為理性、更高層面的評價。以白先勇的小說《永遠的尹雪艷》為例，因為有了深廣的敘事距離，作家就可以在故事中直接表述自己對人生的體驗與感悟，小說中哲理性感悟隨處可見。這種表述的存在使整個作品顯得凝重而不輕浮，具有思想的深度。

敘事距離通過敘述者的敘事技巧體現出來，不僅控制著文本的主題、人物、結構，而且直接影響到讀者對文本的解讀。比如，第一人稱、第二人稱視角敘述，可以讓讀者自然直接地接觸到主人公豐富、複雜的內心活動，拉近讀者與小說主人公之間、故事的敘事時間與故事的發生時空之間的距離，從而縮小敘事距離。而在以第三人稱視角敘述中，作者採用倒敘、插敘結構的設置，可以有意地加大讀者與小說主人公之間、故事的敘事時間與故事的發生時空之間的距離，拓寬敘事距離以表現更加廣闊的社會歷史生活畫面。

用法舉隅

閱讀白先勇的小說能充分體會到敘事距離在小說敘事中的

作用與效果。白先勇的小說，採用了倒敘、插敘的結構設置，在時間上都執著於對過去的敘述，對已逝歲月的追求懷念，很少寫現在發生的故事，也很難找到對將來的預設與憧憬，所以故事的敘述幾乎都是悲劇性的，使得小說作品從總體上來說呈現出悲涼的藝術氛圍。

敘述距離的存在，使得在故事敘述中能穿插不少的體驗性敘事，讓敘述者"我"在故事敘事時間裏對已經發生的故事發表看法。如《一把青》，故事的敘事時間是現在，"我"在台北看見了她，引起對過去故事的講述。敘述者是經歷故事之後現在的"我"，從現在的"我"的視角進行敘述，對整個過去的故事進行倒敘。作者一方面運用第一人稱來拉近讀者和作者的敘事距離，另一方面有意在故事時間和敘事時間上製造出明顯的反差和很大的跨度，達致引人入勝的藝術效果。

備考點睛

有些文學術語比較抽象不好理解，敘事距離就是其中一個。單獨解釋這個概念有點繞口，一定要結合具體的作品內容、舉出具體的例子才能搞明白術語的具體所指。望文生義很多時候靠不住。

小說賞評常用術語

讀記歸要

48 敘事密度
Narrative density

詞語本義

　　密度,密集的程度,原指物體的質量和其體積的比值,也指物體單位體積內所含的質量。

術語解釋

　　敘事密度指在一定的篇幅中和一定的敘事時間內所提供的人物、故事情節的容量度。篇幅短、時間跨度小、內容多、容量大,密度就大,反之密度就小。如,白先勇的《金大班的最後一夜》,敘述的時間是一個夜晚,篇幅是一個短篇小說,但是卻講述了一個人一生的故事,講述了內戰前後從大陸到台灣時代社會的變化發展,小說的敘事密度就很大。相比較而言,畢淑敏的小說《斜視》，篇幅也是短篇，敘述的時間超過了一天，比《金大班的最後一夜》要長，但小說的容量卻不如《金大班的最後一夜》大，其敘事密度就比較小。

一般來說，使用倒裝敘述或者插敘法可以增加敘述的密度，在較短的篇幅裏講述較多的內容。如，讓人物以回憶的方式在很短的時間裏敘述過去很長時間裏發生的眾多事件。黃春明的小說《兒子的大玩偶》採用插敘法讓作品主角坤樹回想以前的事情，他在中午時帶著廣告牌一邊沿街走著，一邊陷入意識流的回憶，講他的生平遭遇，直到晚上結束。在不到一天的時間，講述了幾十年的人生，作品的敘事密度很大。

用法舉隅

篇幅相同或相近的小說作品，往往在敘事密度上有很大差別。畢淑敏的《斜視》採取了直接、細緻的描寫方法，聚焦在人物言行的細微之處來突出刻畫人物形象。小說基本上是單線敘述。西西的小說《像我這樣的一個女子》講述故事的時間只是人物坐在咖啡館裏的一段時間，但是卻講述了幾代人的愛情故事，講述了自己漫長的生活情感經歷，敘事密度較大。相比之下，《斜視》敘事時間長，密度小。

（二）

　　白先勇的《金大班的最後一夜》藉助倒裝敘述來節省交代的文字，增加敘事密度。小說多線交織，手法多變，既有細緻的描寫，更有概括的敘述，使過去的故事進入現在的故事，展現了人物的過去，突出了人物的現在，暗示了人物的未來。《金大班的最後一夜》的敘事時間只是一個夜晚，卻講述了人物的一生，被人們譽為"以一時寫一世"，敘事時間短，密度大。

備考點睛

　　以往的考卷中，有考題要求考生對小說作者掌握敘事密度的技巧及其效果的話題展開論述。敘事密度這個概念是在比較不同作品時相對而言的，養成將同樣類型的作品進行比較分析的習慣，不但可以更好地理解文學術語的含義，也有助於深入準確地評價作品——這一點正是 P2 考試的核心要求。在撰寫 HLE 和 EE 論文時，針對小說作者掌握敘事密度的技巧及其效果進行研究是一個很不錯的選題。

讀記歸要

49 敘事節奏
Narrative rhythm

詞語本義

　　節奏，本是一個音樂術語，指音樂中交替出現的有規律的強弱、長短現象。音樂節奏，指的是音樂的強弱、快慢、鬆緊。音樂節奏的構成要素是節拍、速度和力度。節奏，也是一種普遍的宇宙現象，凡是具有時間性的一切運動形式都具有節奏，所以節奏也可以用來說明所有運動著的事物的快慢規律。

術語解釋

　　凡是敘事作品都有敘事節奏。詩歌的語言節奏是通過句子的韻腳來表現的，而散文的語言節奏是通過句子的長短變化、重複、停頓等手段來完成的。小說也有節奏。小說敘事不能從頭到尾平鋪直敘、勻速進行，必須有錯綜變化、有鬆有緊、有快有慢。在節奏的運動和變化中，才能充分體現人物的思想情感，才能凸顯人物的性格特點。小說的敘事節奏是一種重要的表現策略，疏密有致、張弛得法的情節變化，造成小說的節奏感和獨特的閱讀效果。

小說的敘事節奏是由故事時間與敘事篇幅的比例形成的。故事時間長，敘事篇幅短，則故事節奏快；故事時間短，敘事篇幅長，則故事節奏慢。在小說中，需要經常使用各種方法來調節小說的敘事節奏，不斷變換敘事節奏。

控制敘事節奏的必要手段包括概述與詳述。用概述的手法將過往的事情一筆帶過，將漫長的故事壓縮成簡短的句子，一句話跨越數年甚至幾十年，這樣一來敘事節奏就會加快。這種概述手法，常用來介紹人物的身世，或者對一些沒有重大事件發生的歲月進行過渡敘述。相反，採用詳寫的手法，將一件小事反覆描寫，詳細寫出事件的細枝末節、人物心理的起伏變化，可以減緩敘事的節奏。

敘事文學作品中作家講述故事的語言表述方式也影響著敘事的節奏。小說中，作家會根據需要，使用變換講述性的語言與描述性的語言，採用簡短或冗長的敘述及描述的語言來調節敘事的節奏。當作家故意使用一些囉嗦、繁瑣、累贅的語言來敘事時，就會減慢敘事的節奏。相反，如果作家使用簡潔而短小的詞句結構，就會加快敘事的節奏。例如，加繆的《局外人》中："我的母親死了。也許是昨天死的，也許是今天死的，反正我不太清楚。"小說一開頭就用重複、囉嗦的語言，構成了一種緩慢的語言速度，敘事的節奏也就必然緩慢遲鈍。

優秀的小說作品注重打破時間的觀念，造成變化多端的敘事節奏。作家採用不同的敘事語言，營造出與內容相互適應的小說節奏。不同的節奏造成不同的審美效果，要根據具體作品具體分析。

用法舉隅

敘事必須講究節奏，在小說中敘事節奏運用得好才能緊緊抓住讀者。

長篇章回小說《三國演義》就是詳述與概述相互結合的典範。一方面將許多與戰爭無關的歷史事件概述略寫，另一方面又對典型的戰爭場面詳寫細描，構成了小說恰到好處的敘事節奏。比如，作者用八回的篇幅寫赤壁之戰，將短時間內發生的事情拉長展開，進行了細緻的描寫。作者寫戰爭一觸即發之際，雙方調兵遣將，孫劉聯盟內部的爭鬥，孫劉與曹軍的隔江鬥智，節奏和諧恰當，一邊寫熱鬧廝殺的戰爭場面，一邊穿插抒情場面，有張有弛，突出赤壁之戰的鏖兵和鬥智這兩條線索的齊頭並進。孔明草船借箭、龐統挑燈夜讀、曹操橫槊賦詩等抒情場景，既緩解了戰爭一觸即發的緊張氣氛，又留下了很強的懸念，為後面做足了鋪墊。

海明威的語言具有簡潔、明快的特點，因此構成了緊湊、鮮明的小說節奏感。海明威的小說對於敘事節奏的創新意義重大，這不但是他個人在小說敘述技巧上的突破，也改變了歐洲傳統小說冗長沉悶、節奏緩慢、手法單一的敘事模式。

海明威在小說中善於控制敘述的節奏，常使用簡短的句式、省略語言的方式來增加敘事節奏。海明威的小說《老人與海》以緩急相間的敘事節奏聞名。在故事開始的時候，作者用了詳細描述的語言交代了老人與周圍環境、人們的關係，節奏比較緩慢。隨著老人航海的進程，用省略、簡潔、動詞突出的語言表述方式加快了敘事速度。當老人和馬林魚、鯊魚正面交鋒的時候，我們看到魚在不斷掙扎、鯊魚猛烈進攻、大海起伏波動，節奏更加緊張快速。接著，魚有所平靜，老人趁機放鬆一下，節奏放慢。不一會，搏鬥再次展開，節奏再次加快。最後，老人歸來，睡著了，一切歸於平靜，節奏鬆弛下來。這種起伏的節奏，突出了人物奮鬥的艱難，塑造了老人的形象，起到了很好的感染效果。

備考點睛

　　一部好的小說不能讓讀者緊張得喘不上氣，也不能讓讀者激動不起來，一定要在緩慢之後緊張起來，緊張之後再鬆弛下來，這就叫有張有弛。好小說如同一首好樂曲，旋律節奏有快有慢才能優美動聽。初讀作品時，儘量一氣呵成不要中斷，用心體會情節的起伏變化，培養感受作品節奏的習慣。

讀記歸要

50 細節描寫
Detailed description

詞語本義

　　細節，細枝末節，指細小的環節或情節。細節描寫，顧名思義就是指對不引人注目的細枝末節所進行的描寫，如人的行動、眼神、下意識的動作等。

術語解釋

　　細節指對表現人物性格、作品主旨有重要作用的細微環節，包括動作、肖像、神情、對象、景色、服飾、語言等"細枝末節"。小說的細節是描繪人物、事件、環境，構成情節的最小、最"細微"、最具體的組成部分，是構成人物形象、故事情節、環境特徵的基本材料。

　　細節滲透在人物、情節、環境描寫之中。小說依靠細節來

小說賞評常用術語

增強情節的生動性與完整性，依靠細節刻畫出人物性格的個性特徵，依靠細節增強作品的可讀性與趣味性。小說的情節是靠一系列細節組成的，沒有細節，就沒有生動曲折、有聲有色的故事情節，就不能引人入勝。

細節描寫指的是在文學作品中對可見之物和心理活動進行細緻入微的描繪，包括環境、自然景物、社會背景、歷史背景，以及人物的外表、行動、對話等。作者用精彩、細膩的筆墨抓住生活中細微具體的典型細節進行生動的描寫，能使人物形象性格鮮明、形神畢肖、呼之欲出，從而揭示人物性格，表現人物命運。細節描寫可增加作品的真實感和可信度。典型細節具有深刻的意味，對主題的深化有積極作用。細節描寫在小說佈局結構上起著穿針引線、前後照應的作用，使作品結構緊湊嚴密，情節波瀾曲折。

優秀的小說家都極重視細節描寫，優秀的文學巨著也都是細節描寫的典範之作。

用法舉隅

細節決定成敗，文學藝術作品少了細節就失去了真實可信性。典型的細節具有代表性、概括性，能深刻反映主題。人物是小說的靈魂，缺乏生動具體、細緻入微的細節描寫，就不能突出人物的個性特徵，人物形象就會乾癟乏味、沒有感染力。都德的小說《最後一課》中，逼真的細節描寫形象地展示出人物的情感。作者準確地用了動詞"站""哽""轉""拿""使""寫""呆""靠"對人物的動作神情進行了細節描寫，增添了現場畫面的生動感，增加了歷史的真實感和人物的可信度，因而令人難忘。

　　細節是小說的生命。優秀的小說作品總是讓人物說話、讓細節說話，這樣的故事才有真實性和藝術性。

　　畢淑敏的小說《翻漿》中逼真的細節比比皆是，增加了作品的真實感與感染力，突出了人物形象。如"那個男人艱難地在輪胎縫裏爬，不時還用手抹一下臉，把一種我看不清顏色的液體彈開⋯⋯他把我的提包緊緊地抱在懷裏，往手上哈著氣，擺弄著拉鎖上的提樑"。這一段動作細節描寫寫出了人物處境的艱難。就在這樣的處境下他不顧自己的安危，忍受疼痛自願幫助別人，為一件細小的事情盡心盡力，一絲不苟，那樣投入專心，一個淳樸、善良的人物形象呼之欲出。又如，下車時乘車人語不成句，"'學學啦⋯⋯學學⋯⋯'他的舌頭凍僵了，把'謝'說成'學'"。這個細節描寫十分精彩，表現了乘車人飽受生活的磨難卻毫無怨恨，經歷苦難卻不乏對人真誠的特點。通過這些細節描寫，男主角心胸坦蕩、忠厚老實、善良勤懇的性格特點得到了淋漓盡致地展示。

備考點睛

　　細節是小說的生命，在以往的 P2 考卷中，有題目要求考生針對長中短篇小說作品分析作家如何運用細節表達自己創作意圖，如何運用細節呈現作品主題，如何運用細節塑造人物，避免人物臉譜化，如何描寫人物外表與精神面貌的前後反差等題目進行論述。細節也是一切文學藝術作品成功的關鍵，與細節相關的內容在 IBDP 考試中曾頻頻出現，今後也會繼續不斷出現。考生在評論小說、散文、詩歌以及影視作品時都需要特別關注細節，掌握了細節會大大提升自己對文學作品的感受與賞評能力。

讀記歸要

51 典型環境
Typical environment

詞語本義

　　典型，指足以代表某一類事物特性的標準形式，也指具有代表性的人物或事件。典型，又指文學藝術作品中藝術概括的手法，有時特指文學藝術作品中創造出來的既有鮮明的個性特徵又能表現出某種社會特徵的藝術形象。環境，是指物體周圍的各種條件因素。環境既包括大氣、土壤、植物、動物、微生物等自然環境，也包括觀念、制度、行為準則等社會環境。

術語解釋

　　典型環境是小說人物活動的舞台，是情節發展的依託。小說的典型環境就是作品中具體而獨特的環境，包括自然景物、社會環境、文化背景、時代氛圍、活動場所、人與人之間的複雜關係等等。環境影響人物的思想情感和性格的發展變化。

自然環境包括人物活動的具體時間、地點、季節、氣候等，是人物成長、身份地位、言語行動的背景。自然環境的描寫能產生營造氣氛、襯托人物心境、預示人物命運等作用。社會環境包括反映社會、時代特徵的建築、場所、陳設等，大至整個社會時代，小至一個家庭、一處住所等。社會環境的描寫能展示人物間的相互關係，揭示人物性格發展的原因。

和故事情節一樣，小說環境也是作家虛構出來的。作者把具體真實的自然環境和社會環境以及人物的日常生活融合在一起，經過藝術加工，創造出符合作品內容的藝術環境，為小說人物搭建一個真實可感的舞台，讓人物在其間充分表演。

不同類別的小說，環境特色與真實程度也不盡相同。有的小說注重真實地再現特定的社會與時代環境，突出較強的真實感，如《駱駝祥子》；有的小說採用想象幻化的方法，大膽虛構小說的環境，如《西遊記》；還有的小說，在環境描寫中融入象徵的寓意來凸顯作品的主題，如《月牙兒》。小說中的典型環境可以體現出作品的風格特色。

環境描寫是小說不可缺少的組成部分。優秀的環境描寫與人物情節水乳交融地聯繫在一起，是刻畫人物性格的有機組成部分。精彩的環境描寫給人身臨其境的真實感，具有清楚交代時代社會背景、營造渲染氣氛、烘托人物內心情感、預示人物命運、暗示情節發展、深刻揭示主題的作用，帶來多重藝術享受。

用法舉隅

　　畢淑敏的小說《翻漿》一開頭就藉助典型環境的設定，突出了故事發生的特殊場景，營造出了特有的氣氛。

　　小說環境的設定展現出了小說人物活動的特殊社會背景、特殊時代，使人物的形象有了鮮明的時代特色，人物的活動有了特殊的意味。"正是春天，道路翻漿"，季節氣候和道路環境的描寫，點出了小說的時代社會背景，蘊含了整部作品的象徵寓意。天氣乍暖還寒，冰雪始融未消，本來平整的路邊，泛起了泥漿如波濤洶湧。社會如此，人心如此，所以才有小說的故事發生。"天空有月的碎片在雲縫中閃爍，好像一個被遺棄的婦人在掩面哭泣"，作者將比喻法和擬人法結合，表現了當時緊張的氣氛，暗喻了社會環境。

　　"朦朧的月暈中，那個土色的男子如一團骯髒的霧，抱著頭，龜縮在起伏的輪胎陣裏，每一次顛簸，他都像遺棄的籃球，被橡膠擊打得嘭嘭作響。"月色不明，導致了"我"不能明辨真相。最後，被真相驚呆，"我呆坐在高聳的輪胎間，看著蒼茫的夜空"。作者使用了聯想想象、誇張比喻，以及視覺、觸覺、聽覺多方面的描繪，增強了表達效果，突出了人物的遭遇，揭示了全文的主題，給讀者留下了深刻的印象。

備考點睛

　　環境描寫涉及到多種文學手法，對作品產生多種效用，是文學作品中無法缺席的重要角色。因此，從分析作品的環境描寫入手是評論文學作品的極佳途徑。新課程的 IO 講評要求學生結合全球性話題進行闡述，從環境描寫的角度探討人類可持續發展的問題是有意義的選擇。此外，P1 以及 HLE 或 EE 寫作都可以從這個方向展開。在以往 P2 的考卷中，有題目要求考生對作者用自然現象的變化來喻示人生社會的效用進行論述。類似題目和環境描寫密切相關，考生要全面理解術語，結合作品實例方能進行深入探討。

讀記歸要

典型環境

52 小說場景
Setting

詞語本義

　　場景，指戲劇、電影、電視中由佈景、音樂、出場人物組合成的片斷。場景，也指敘事性文學作品所展示的場合中因人物關係而構成的生活情景。

術語解釋

　　場景，就是場合（社會環境）和風景（自然環境）的總和。

　　小說場景是在一個具體的時間和空間範圍裏人物進行活動的場所環境。場景描寫是以人物為中心的環境描寫，由人物、事件和特定的時空背景組成。

　　場景描寫類似於環境描寫，但和單純的環境描寫不一樣。

場景描寫和環境描寫的不同之處在於：環境描寫是描寫人物活動的客觀環境，是"靜態"的描寫；而場景描寫是以人物的活動為中心的"動態"描寫。

場景描寫中的時空具有重要的意義。空間，作為人物生活的特定環境，是故事發生的處所，是場景的重要因素。不同的時空就是不同的世界，小說時空的改變，就意味著人物、情節的變化。

人物，是場景描寫的核心。場景描寫要寫出人物在一定時空中的活動畫面，既要有全景的描寫，也要有局部的細緻特寫。場景描寫要集中地展示人物在一定的環境中的具體活動，讓人物在活動中完成自己的使命，通過人物的言行舉止突出人物的性格特徵。

場景描寫要渲染出特定場合的氣氛，起到烘托人物的作用，要寫出人物的情緒感受，還要採用明示或者暗喻的手法，預示人物的命運遭遇，揭示作品主題。

好的場景描寫要做到主次明晰、有條不紊、中心突出、詳略得當，讓作品的情感思想自然而然地流露出來。

用法舉隅

場景有大小之分，大小場景連綴起來使小說情節曲折變化、引人入勝。場景也有公共與私人之分，公私場景交替出現，展開情節，能反映社會的不同層面，有助於更全面立體地揭示人物的性格特點。

　　白先勇的小說善於使用場景描寫的技巧來展示人物生活的社會時代環境，刻畫人物的性格特點。如《永遠的尹雪艷》中的客廳就是一例。小說將情節設定在一個狹小的空間場所中，以客廳作為一個典型的場景。通過精彩的場景描寫，展示出活動在這個具體狹小的時間和空間場所中的人物，通過他們的言談舉止與互動，呈現出人物過去、現在的心理掙扎。

　　清代魏禧的《大鐵椎傳》中有一段精彩的場景描寫。大鐵椎是一個身懷絕技，行蹤飄忽的俠士，注重情義、武藝高強。作者精心設計了曠野決鬥這個驚心動魄、以寡敵眾的廝殺的場景描寫，栩栩如生地刻畫出大鐵椎的威武雄姿。

　　作者先以“雞鳴月落，星光照曠野，百步見人”的陰森環境渲染肅殺的氣氛，烘托大鐵椎從容上陣、沉著應戰的姿態，再以豪賊人員之眾、來勢之兇從側面反襯大鐵椎“大呼揮椎”的非凡氣概和“奮椎左右擊”勢不可擋的神威。

　　作者刻畫大鐵椎膽識過人、豪放坦誠、威武深沉的形象，宋將軍起到了襯托的作用。原本宋將軍要求助戰，但到決鬥時，宋將軍在空堡上，一聲也不敢吭，兩腿顫抖，人也站不穩，只見大鐵椎卻從容揮椎，一口氣殺了三十餘人。作者描寫

了威名遠播的將軍 "屏息觀之，股栗欲墮" 的樣子，從側面寫出了這場決鬥之兇險慘烈、天昏地暗、驚心動魄，突出了大鐵椎的知人之明與神威勇武。

備考點睛

常有考生混淆了場景描寫和環境描寫的概念。最好的辦法是舉出同一個作品中的具體例子加以對比，區分 "動態" 與 "靜態" 的差別，辨別 "以環境為核心" 和 "以人物為核心" 的不同。考生可以選擇一部自己要評論的作品並試著回答下面的問題：作家如何用場景切換來安排情景？作家如何使用場景描寫來刻畫人物形象，展示人物的性格特點？如何論述場景是小說構思的一個重點？反覆練習與思考定能提高自己的賞析水平。

讀記歸要

53 伏筆
Foreshadowing

詞語本義

"伏" 有隱藏、埋伏的意思。伏筆，指有意讓一些細節的東西提前出現，為後文起提示或暗示的作用，為故事情節的發展埋下伏線。

術語解釋

伏筆是寫作中常用的一種表現手法，即運用預示、暗示等方法，埋伏下情節發展的線索，為事件的發生和發展鋪設合理的條件。它可以作為前段文章為後段文章埋伏線索，也可以作為上文對下文的暗示。戲劇、曲藝創作稱之為 "包袱"。

在文學作品描寫敘述中，作者對將在作品中出現的人物或事件做出預先的提示或暗示，以求前後呼應。對將要出現的人物或事件先做出某種暗示性的鋪排，描寫一些與當前情節無關的微小細節，如某個角色偶然有一句話說漏嘴，提到一個小說裏還沒有出現過的名字等，當事件發展到一定的時候或情節達到高潮時再揭示出來，讀者才會發現這些細節的作用，產生一種恍然大悟的感覺。伏筆與照應配合使用，只要前有伏筆，後面一定有照應。

好的伏筆能起到暗示、點題、溝通關聯情節、逆轉人物關係等作用，使故事嚴密緊湊、合情合理。當讀者讀到下文內容時，不僅不會產生突兀懷疑之感，還能有意外的驚喜。巧用伏筆可暗示劇情的發展，使作品結構謹嚴、含蓄耐看。運用伏筆還能給讀者帶來探索和發現的樂趣，增強作品的真實可信性。

用法舉隅

小說作品設置伏筆可以使情節波瀾起伏，跌宕多姿。《水滸傳・林教頭風雪山神廟》寫林沖的故事，前後多處設置了伏筆。

在 "林教頭滄州遇舊知" 中插敘了林沖和李小二的對話，說明林、李的親密關係，為後面李小二感恩圖報埋下了伏筆。李小二後來給林沖通風報信就照應了這個伏筆。

山神廟一處也設置了伏筆：因天寒手冷，林沖 "便去包裹裏取些碎銀子，把花槍挑了酒葫蘆"，林沖回到山神廟，"入得廟門，再把門掩上。旁邊止有一塊大石頭，掇將過來，靠了門"。這個細節描寫為下文"用手推門，卻被石頭靠住了"埋下伏筆。因為廟門關上，陸虞侯等人只好站在廟外邊看火邊說話，讓躲在廟內的林沖聽得一清二楚，知道了事情的真相。

伏筆的妙處在於一個"伏"字，且"伏"得不露痕跡。風雪天氣、沽酒禦寒、擋門遮寒，都自然合理。這些巧妙的伏筆為後面的情節做足了鋪墊，使讀者對林沖殺敵報仇的行為不感到突兀，讓林沖的性格發展變得合情合理。

備考點睛

伏筆是小說寫作中一個慣常使用的技巧。以往的長篇小說考題中，要求考生對作品人物塑造與預示情節發展的命題進行討論。考生在閱讀作品時要善於對整個作品通篇關照，挖掘作品塑造人物性格，展示人物命運的顯性與隱性脈絡，結合多種技巧方法進行分析評述。

讀記歸要

小說賞評常用術語

鋪墊
Hint

詞語本義

　　鋪墊，鋪放襯墊，泛指在事物發展過程中所做的前期準備工作。

術語解釋

　　鋪墊指為了突出主要人物、事物或事件，先對次要人物、事物、事件進行鋪陳描述，為主要人物或主要事件做準備、打基礎、創造條件。鋪墊多為一些場景或環境描寫，為下文突出人物的遭遇、故事情節的發展做準備，為關鍵情節、小說高潮積蓄力量。好的鋪墊能增加情節張力，製造懸念，使情節具有合理性。

有人把伏筆和鋪墊當成一回事。嚴格的說，伏筆和鋪墊是不同的。兩者的主要區別可以從以下幾個方面看出來：

　　1. 表現各異：伏筆貴在一個"伏"字，通常比較隱蔽，是"隱性"的。伏筆言語不多，不注意看不出來。伏筆一般是細節。巧妙的伏筆，在沒有看到照應之前，貌似閒筆。鋪墊的全部奧妙都在"墊"和"襯"上。鋪墊是用來陪襯的，貴在充分烘托，通常大肆渲染，引起讀者的關注。鋪墊鋪陳語句較多，可謂濃墨重彩，是"顯性"的。

　　2. 寫法不同：前文埋下的伏筆與後面的照應之間要有一段距離，不能緊接著，有時候直到作品的結尾伏筆才得到照應。鋪墊的部分總是和被襯托的內容緊接著的。鋪墊常出現在情節高潮的前奏，或一些表現人物的景物環境描寫中。

　　3. 作用不同：伏筆對下文做暗示，使文章前後照應、結構嚴謹，使情節合情理，令讀者不疑惑。鋪墊借描述次要人物或事件為表現主要人物或事件蓄勢準備，烘托主要內容，推動情節發展，突出人物形象。

用法舉隅

　　魏禧的《大鐵椎傳》為了突出描寫大鐵椎的神勇，採用了鋪墊的手法，通過對次要人物宋將軍的描寫，為主要人物大鐵椎進行了充分的襯托。

作者先寫了宋將軍名聲在外，武功高強，弟子眾多。宋將軍亦自負武功了得，所以說要助大鐵椎戰群賊。作者把宋將軍說得如此了不起，目的是襯托出大鐵椎的武功更深不可測。

接著作者直接描寫大鐵椎與群賊決鬥的一幕。決鬥時，宋將軍在空堡上，一聲也不敢吭，兩腿顫抖，人也站不穩，只見大鐵椎卻從容揮椎，一口氣殺了三十餘人，然後絕塵而去。作者利用對宋將軍的描寫做足了鋪墊，將大鐵椎的武功襯托得更加出神入化，成功地刻畫了大鐵椎的人物形象。

白先勇的小說《一把青》從一開始就為朱青的喪夫進行了充分的鋪墊。郭軫 "靈跳過人"，從美國受訓回來，"頗受重視"，注定了他會不斷參戰；而所有參戰的軍人都會戰死，郭軫的父親就是 "老早摔了機"。朱青身邊不乏空戰家屬，她們都失去了丈夫，如周太太先後嫁了四次，丈夫是同一個小隊的；徐太太的兩任丈夫是兄弟倆，同是十三大隊的。作者不厭其煩地描寫朱青身邊人的遭遇，正是為了對主要人物朱青的描寫做鋪墊：既然空軍的太太都是如此，朱青如何能例外？所以，朱青兩次喪夫的結局合情合理，實屬必然。這些鋪墊對後來突出朱青兩次喪夫的行為表現的不同也起著重要的作用。如此頻繁殘酷的死亡，不能不改變一個正常人，朱青的改變正是大時代背景對人物命運必然的影響。

備考點睛

不要把伏筆和鋪墊當成一回事。伏筆和懸念的聯繫比較密切，鋪墊和烘托渲染的聯繫比較密切。無論從表現形式還是作用目的上，兩者都不一樣。

讀記歸要

小說賞評常用術語

小插曲
Interlude

詞語本義

插曲，指穿插在電影、電視、戲劇等藝術作品中的歌曲、樂曲等小片斷。小插曲，也常用來比喻事情發展過程中臨時發生的小事件。

術語解釋

在文學作品中，插曲用以比喻連續敘事中插入的一段情節、一個事件、一個片斷。這個片段與其他部分融為一體，起著貫通整個作品的作用。

小插曲在小說中非常重要，這些小的情節、片斷在一些表面上看起來沒有關聯，甚至是遙不相及的事物之間建立起一

小
插
曲

243

種內在的聯繫。所有的小插曲都不會出於偶然，而是作家有意而為，精心設計和創作出來的。小說中的一些小插曲，看起來像是沒有多大作用的閒筆，其實正是小說中精彩的部分。經過精心設計的小插曲置於故事情節中，能使整個小說的局部和整體密切相關，情節有機聯繫，吸引讀者閱讀。小說離開了小插曲，就會變得缺少趣味。

小插曲可以以補敘、插敘等方式，通過敘述者或人物的回憶寫出來。白先勇《台北人》中的小說作品《花橋榮記》不止包含一個故事，而是由大大小小若干個故事組成的。每個單獨的故事都是構成這部作品情節的一個有機部分，都可以看成是一個插曲。例如，老闆娘去找李半城的兒子收欠款的情節，就是一個很有意味的小插曲。小說將這些表面看來互不相干的插曲組合在一起，突出了小說的主題意蘊。同時採用多重插曲式的情節，本身就具有表現出生活複雜性的作用。這些相互交織的小插曲都有內在的關聯性，都體現了那個時代台北人的命運。

用法舉隅

小插曲強化了閱讀中的期待心理，使故事產生不可抗拒的吸引力。畢淑敏的《翻漿》中"司機講故事"這一事件是一個小插曲。就是這個小插曲，讓"我"改變了最初對人的看法，心生恐懼與懷疑，帶上了"有色眼鏡"，認為乘車人可能會是壞人。這個小插曲，在小說中非常重要，不可刪去，對後來的情節發展埋下伏筆，和人物性格的發展變化密切相關。此外，這個小插曲還給讀者提供了多種期待的空間。正是因為這個小插曲，使得情節的發展不斷地觸發故事的張力，不斷地提示已經發生的事件同將要發生的事件的關係，從而強化了閱讀中的期待心理，使故事產生不可抗拒的吸引力。

在小說作品中，小插曲往往也成為生動有趣的場景。有些穿插於基本情節中的小故事、小場面之類的小插曲，雖然和主線聯繫不緊密，但有利於刻畫人物，也可用來增添生活氣息。這類小插曲式場景表面上看似閒筆，但卻往往既可生發情趣，又可作為刻畫人物的輔助手段，對刻畫人物起著重要的作用。如《三國演義》"楊修之死"中彙集了一組插曲式場景，繪聲繪色地刻畫了曹操多疑、嫉妒的性格。曹操殺楊修的直接理由是他散佈自己要退兵的意圖，犯了"亂我軍心"之罪，真正原因卻不止於此。小說中的小插曲起到了刻畫曹操和楊修兩個不同性格人物的作用。

備考點睛

　　慣用法（convention）在 IB 文學課程中是一個經常出現、不容忽視的重要詞彙。掌握不同文體文本的慣用法，辨析作者作出選擇的慣用法以及產生的效用，是 IB 文學課程及語言與文學課程的重要內容。小插曲是小說創作中的一個慣用法，曾經出現在 P2 考題中。考生要能舉出具體作品中的例子，對不同作品使用小插曲產生的異同效用加以比較論述。考生在選擇評論小說、戲劇等文學作品進行 EE 寫作時，都離不開對這個概念進行分析。

讀記歸要

懸念
Suspense

詞語本義

"懸"是掛、吊在空中的意思。"念"指念頭,是惦記、掛念的意思。懸念,指在欣賞戲劇、電影或其他文藝作品時,觀眾、讀者對故事情節發展和人物命運很想知道又無從推知,因關切故事發展和人物命運的緊張心情而產生的一種關切期待的心理活動。

術語解釋

懸念是小說、戲曲、影視等作品的一種藝術表現技法,是吸引讀者興趣的一種藝術手段。

講述故事時,講述者為表現作品中的矛盾衝突、加強藝術感染力，會利用各種藝術手段，亮出謎面藏起謎底，在適當的時候再予點破，以達到調動讀者閱讀過程中緊張期待的心情，讓讀者懷著急切的心理關注作品的目的。

作家運用各種手法來設計懸念，造成讀者懸掛、惦念的期盼。當這個目的達到後，作者會在適當的時候緩解和開釋懸念，讓迫切期待著的讀者能清楚地知道未知故事情節的發展和變化，看到作品中人物的遭遇和命運結局，使讀者的審美願望和心理得到極大的滿足。

使用懸念，一般在作品的開首即懸，緊扣讀者心弦，使讀者產生急切讀下去的強烈願望。卒文見旨，引人入勝，使讀者有茅塞頓開之感。這就是懸念的藝術魅力。

用法舉隅

使用懸念，一般設置在前。也有一些作品連續設置疑問懸念，環環相套，使讀者猜測懷疑，期待的心情不斷加強。當最後懸念釋除真相大白時，讀者急切期待的情緒才鬆弛下來，感情上得到滿足，從而獲得極大的藝術享受。

畢淑敏的小說《翻漿》一開始就設下懸念，乘車人被誤會為偷竊賊，"我"和司機齊心協力要整垮乘車人。接著懸念加深，"我"越看乘車人越像是一個偷竊賊，所以"我"和司機不斷地懲罰他。直到小說結尾，懸念揭開真相大白，我"爬上大廂板，動作是從未有過的敏捷。我看到了我的提包，它像一個胖胖的嬰兒，安適地躺在黝黑的輪胎之中。我不放心地摸索著它，每一環拉鎖都像小獸的牙齒般細密結實"。至此發現，被"我們"暗算了一路的"乘車賊"，竟然為了"把我的提包重新固定"，"在寒冷與顛簸之中，他操作了一路"。"我"受到了當頭一棒，"心像凌空遭遇寒流，凍得皺縮起來"。小說戛然而止，讓人意想不到，受到震動，有所感悟。懸念的解開就在情節發展的高潮之處。

備考點睛

懸念是個常見的術語。在學習時可把懸念這個術語和前面的伏筆結合起來學習，可以一舉兩得，對兩個術語的使用和效果有更準確、清楚的理解。

讀記歸要

57 巧合
Coincidence

詞語本義

巧合，就是湊巧、碰巧，是恰好吻合、正巧一致的意思。

術語解釋

在文學作品中，巧合是文學創作尤其是敘述性作品中經常使用的一種手法，是利用生活中的偶然事件來構思安排故事情節的一種技巧。巧合是對生活偶然性的一種巧妙的運用，是文學創作中較為普遍的藝術手法，具有特殊的效用。

"無巧不成書"，小說家總是把生活中因為"碰巧"發生的偶然事件巧妙地安排在小說中，引出人物，組成故事，構成矛盾衝突。由偶然引出必然，既能更集中深刻地反映社會生活本質，又能增強作品戲劇性。

巧合的關鍵就是一個"巧"字，讓兩個或兩個以上的事物碰巧相遇或相合，使矛盾驟起或突然得到解決，產生文勢起伏曲折的效果。"合"是最基本的要求，要合得合情合理又出人意料，合得新穎有趣、別致奇妙才能稱之為巧。合理運用巧合讓小說的情節發展更有趣、更引人，能增加作品的可讀性和審美魅力。

　　在中國古典小說戲曲作品中，巧合的運用普遍而廣泛，用"無巧不成書"來概括真是名符其實。為了情節發展的需要而設置巧合，是中國古代小說的特色之一。話本小說《十五貫》就是利用了巧合，使故事情節變得更加離奇，刻畫了人物，揭示了社會問題。《賣油郎獨佔花魁》也是運用了合情合理的巧合，為後文複雜的情節埋下了伏筆，使故事扣人心弦，吊起讀者的胃口，讓讀者對故事的發展以及人物的命運改變充滿了期待。

　　在當代文學中，尤其是在敘事性文學作品中，巧合也是常用的寫作技巧，有著不可取代的重要地位。

用法舉隅

　　巧合可以為小說後面的情節發展埋下伏筆，對小說出其不意的結局做出暗示。畢淑敏的小說《翻漿》由一系列巧合情節所組成，這一系列的巧合把小說情節推向了高潮。小說中的人物剛好是在天色黑暗的時候乘車，"我"在車上碰巧聽到了司機的故事，又碰巧只能通過一個細小的孔來觀察乘車人的行動，更巧的是那個乘車人的確對"我"的行李動手動腳。正是因為這麼多巧合同時出現，導致讀者和"我"一起"合理"地推論那人就是小偷。乘車人是不是小偷的問題引起了讀者的關注，構成了小說的懸念。

這些巧合在小說中起到了畫龍點睛的作用。這些看似"合情合理"的懷疑和論斷其實都是"我"的誤解誤會，因為誤會，"我"恩將仇報傷害了人。所以，讀者在意外結局出現的時候，有一種並不意外的感覺。

小說因為利用了巧合的安排，很好地揭示出作品的主題。讓讀者在反省錯怪好人的前因後果之時，對社會中人與人之間失去了信任、只是互相猜忌懷疑的現象進行了深入的思考。

運用巧合可以順利引出小說人物出場，展開故事情節。在西西的《碗》中，葉蓁蓁和余美麗雖曾是中學同學，但畢業後兩人的生活毫無交集，甚至未曾謀面。在小說一開始，兩人的碗碰巧都出現了問題，不約而同前去買碗，在買碗的時候不期而遇，一對主角就這樣出場了。

巧合提供了作品中人物相聚的機遇，巧合還製造了人物與人物之間、人物與環境之間的衝突與矛盾。西西的《碗》通過買碗這個巧合情節展開了兩人之間的故事。買碗這個巧合構成了作品的情節線索。

作品用買碗的巧合向讀者展示了葉蓁蓁和余美麗兩人生活態度的差別。讀者從這一件微不足道的日常事件中，可以看到兩者生活模式上的不同與截然不同的價值觀，從而理解作品所揭示出的主題。這個巧合起到了畫龍點睛、以小見大的作用。

備考點睛

巧合這個術語比較容易理解。"無巧不成書"古今同理，巧合在中國古代的小說、傳奇故事以及戲曲作品中無處不在。在現當代的文學作品中，巧合也扮演著不可或缺的角色。但是，要想準確透徹地分析巧合在具體作品中產生的效用並不是一件簡單的事情。考生在閱讀時要細緻分析，體悟領會。

讀記歸要

58 人物設置
Character traits and disposition

詞語本義

設置，指設立、佈置。人物設置，或稱為角色設計、人物設定，指的是敘事性文學作品中角色人物的規劃和安排。

術語解釋

小說的人物設置是指小說作者對人物角色的設計安排。人物是小說的靈魂與原動力，是情節的核心，小說的所有設計安排都和人物密切相關。因此，人物設置不僅僅限於小說中描寫什麼人物的問題，還涉及到讓這些人物在情節中發揮怎樣的作用、達到什麼目的的問題。從這個意義上說，一切和人物塑造相關的環節都和人物設置相連。

在分析人物設置時應重點考慮下面幾點：

1. 主要人物和次要人物：小說作品中有什麼樣的主要人物和次要人物，小說中有哪些正面角色和反面角色。

2. 主要人物的特點：作家必須精心考慮主要人物是一個什麼樣的人，具有什麼樣的形象特徵和品質性格。在這個人物身上既要準確突出人物鮮明的個性，又能顯示人物的社會共性。比如在《頑童流浪記》中作者馬克·吐溫設計了一個白人小孩做主角，表現一個具有深刻時代和歷史意義的主題，使作品成為一部傳世經典。

3. 人物的活動背景：人物設置離不開對人物活動背景的設定和安排。每一個人物都是特定環境的產物。小說要設計出人物所處的社會歷史背景和自然環境，更要設計出小說人物置身的具體生活場景。

4. 人物之間的關係：人物設置包括了設定和安排小說中主要人物與其他人物之間的關係，或敵對衝突，或相親相愛。不同作品往往借人物之間關係的對立、轉化，矛盾衝突等來突出人物性格，揭示作品的主題。

5. 小說的情節與結構：人物設置和小說情節發展以及小說結構是聯繫在一起的。人物的出場、人物的結局、人物的命運，在設置上總是緊密銜接的，使得故事情節一環緊扣一環，構成小說情節的發展，形成作品各具特色的整體結構。

6. 敘述的角度觀點：小說的敘述者、敘述人稱、敘述角度的設置，直接關係到作家怎樣借人物表達作者思想的問題。小說作家經常在作品中借敘述者之口昭示作品的主題，或者通過作品中的一個特定人物為自己代言，強化自己的觀念。比如，在《女人之約》中作者畢淑敏就借蘭醫生之口表達了自己的觀點，揭示出作品主題。

7. 塑造人物的手段方法：人物設置的同時也確定了小說塑造人物可採用的恰當有效手法。作者根據人物的特點、塑造特定人物的需要，可以對人物的外貌心理進行深入細緻的刻畫，突出性格特徵；可以從自然環境、人物與環境的關係描寫中展示人物的情感；可以採用人物對話、人物前後的縱向對比或人物之間的橫向對比，從人物間的相互關係中展示人物的命運。

由上可見，人物設置的問題關係到小說的方方面面，是作品成功與否的關鍵所在，在小說創作中具有不可忽視的作用。針對不同的作品，考生可以從不同的側面進行分析評論。

用法舉隅

人物設置包括人物置身的環境設置、人物關係的設置等，優秀的小說總是通過精心設置人物取得作品的成功。畢淑敏的《翻漿》設置了關係微妙的三個人物，借次要人物來烘托主要人物，用對比的手法揭示人物關係的對立及矛盾的轉化，從而塑造了人物，突出了主題。

《翻漿》精心設置了次要人物司機來展示小說的背景環境，顯示人與人之間彼此猜疑、缺乏信任的現象，突出主要人物的性格。因為司機，"我"產生了對搭車人的懷疑，搭車人遭到了不公正的待遇。"司機"沒有同情心、開口就罵"你要找死嗎？你！你個兔崽子！"的粗暴，反襯出搭車人的單純與寬厚。可見，巧妙的人物設置、鮮明對比的手法，達到了借次要人物來突出主要人物性格，成功揭示作品主題的藝術效果。

　　白先勇的《金大班的最後一夜》突出對主要人物形象性格的設定，推動了小說情節的發展。

　　小說開端人物初次登場，"金大班穿了一件黑紗金絲相間的緊身旗袍"。"黑紗金絲"的色彩：黑的沉寂、神秘，金的浮華、張揚，吻合舞場頭牌的華麗與威嚴，凸顯了角色身份。"一個大道士髻梳得烏光水滑的高聳在頭頂上"，"耳墜、項鏈、手串、髮針，金碧輝煌的掛滿了一身"，外貌描寫令金大班那浮華中帶著高傲的形象躍然於紙上，突出了人物的性格。作者還通過行為描寫彰顯了人物的氣勢，如教訓童經理時"那隻鱷魚皮皮包往肩上一搭，一眼便睨住了童經理，臉上似笑非笑的"。經理的焦急不安的和金大班的趾高氣昂形成鮮明對比，突出了金大班世故老練、潑辣的性格特徵。在化妝室為了朱鳳未婚懷孕的事，金大班一邊忍不住"狠狠"數落朱鳳一番，為"那番心血白白糟蹋了，實在氣不忿"，一邊"把右手無名指上一隻一克拉半的火油大鑽戒卸了下來，擲到了朱鳳懷裏"。看似冷酷無情，咄咄逼人的金大班對弱者有著一顆同情憐憫之心，原是一個外冷內熱、口粗心善的人。

備考點睛

　　人物設置是敘事性文學作品中的成功關鍵。以往的 P2 考卷中，曾連續多次出現過要求考生針對長中短篇小說中作家在主要人物、次要人物的人物設置進行比較分析的題目，也有要求考生針對小說人物因前後遭遇不同而出現的巨大反差進行論述的題目。除此之外，還出現過要求針對小說設置人物之間複雜關係效用進行分析的題目。在長篇小說中，有題目要求考生針對作者通過描寫不同人物對同一事物的不同反應來揭示人物性格進行分析，也有題目要求考生針對作者如何通過小說中小人物的遭遇來反映時代變遷進行分析評論。此外，有關小說作者採用何種藝術表現手法塑造人物揭示主題的題目也多次出現。

　　在 P1 寫作和 IO 講評中，針對文字文本和影視文本作品抓住人物設置的特點進行評論也是很好的角度。在 HLE 或 EE 寫作中，研究作品的人物設置、人物關係、人物命運所展示出的主題意蘊是非常好的論述專題。

小說賞評常用術語

讀記歸要

小說情節
Plot

詞語本義

　　情節，指一個事件發生、發展、變化的具體過程。所有敘事活動（包括書面敘事和口頭敘事）都離不開情節。沒有情節就沒有故事。故事情節，是通過一系列事件、插曲、行動等，將故事推向高潮，引出結尾的過程。

術語解釋

　　情節指敘事性文學作品，如小說、戲劇、電影、漫畫，所記敘描寫的事件及其發展變化的過程。情節由一系列矛盾衝突構成。矛盾衝突是情節形成的基礎，也是推動情節發展的動力。

小說中人物之間、人物與環境之間存在的相互關係和矛盾衝突產生一系列事件，這些事件發生、發展、直至解決的整個過程就是小說情節。小說情節由一組或多組具體的事件組成，包括許許多多的細節。小說情節是作家根據生活的經驗，加工創造虛構出來的。小說的情節要有因果關係，"因"是事件的起因，可以很小；"果"是事情產生的結果，發人深省。好的小說從一件很平常的事情開始，經過發展變化至關鍵情節，最後導致出重大結果，改變了當事人的命運。

　　小說情節由開端、高潮、結局三個相互聯繫不可或缺的部分組成。開端，是事件的開始，人物出場，引發小說中事件發生的原因。高潮，是小說的關鍵情節，是故事和人物命運發生變化的轉折點。結局，是小說中人物命運的結局。

　　小說藉助完整複雜的故事情節，多側面、多角度細緻深入地刻畫人物的性格。分析故事情節是把握人物性格、理解小說主題的重要手段。分析時首先要看情節對刻畫人物性格的作用。人物性格是發展和變化的，除了環境的影響，不同人物之間、社會與人物之間錯綜複雜的矛盾衝突也會影響人物性格。關鍵情節讓事件發生意想不到的轉變，使人物性格在轉變中得到發展，使故事達到高潮。合理生動的情節曲折多姿、扣人心弦、引人入勝，使人物形象更突出，主題更鮮明。

用法舉隅

小說情節的起因、發展和變化是矛盾衝突發生、發展的體現。小說情節的因果關係和發展變化對人物性格形成和揭示主題起著決定性作用。

法國小說《局外人》的起因是主人公摩爾索的媽媽死了，在葬禮上他沒有哭。這樣的一個小事，成為了小說的"因"，後來法庭因為這個原因，判他有殺人罪。《局外人》中的關鍵情節是摩爾索誤殺了一個人，由此導致了他死亡的結局。

劉建超的小說《朋友，你在哪兒》情節也很典型。"因"是一次偶然相聚時，賈興力邀老劉去他所在的城市相會。老劉後來湊巧去賈興的城市辦事，不料引出了意想不到的結局。《朋友，你在哪兒》的情節以聚合開始，以分離結束，同時達到了故事的高潮，從而揭示出作品的主題。

小說情節對塑造人物形象、展示人物心理、揭示主題起決定性作用。情節是小說人物性格發展的線索。情節的完整複雜是為了多方面細緻入微地展示人物性格的多面性和立體感。

《水滸傳》中林沖的故事是一個好的例子。林沖的妻子很漂亮，這個看來很小的"因"，導致林沖被迫殺人上梁山的嚴重的"果"，構成小說生動的情節。人物的性格在情節發展中得到了發展變化，林沖由軟弱愚忠變為堅強反叛。小說借用了完整、複雜的故事情節來多側面、深入地展示林沖性格的發展變化，突出了官逼民反的小說主題。

備考點睛

喜歡閱讀的考生一定對"六要素"耳熟能詳，閱讀小說時理清故事情節的線索並不困難，難的是要具體針對一個作家如何把情節發展和人物的性格變化發展、作品的篇章結構等結合在一起所產生出的藝術效果、所揭示出的主題意蘊的深度與廣度等進行分析評論。在以往的小說考卷中，常常可以看到要求針對小說結構的意義進行評述的題目。此外，還有關於主要情節線索與次要情節線索如何相互配合以突出主題的題目和針對小說作品要求考生說明作品結構與情節發展的關係的題目，以及關於作品的中心意義在故事高潮中如何得以體現的題目。考生在閱讀時要多關注小說情節設置的特點，思考小說情節結構的意義，將情節與結構結合在一起進行分析討論。

讀記歸要

60 小說開頭
Opening

詞語本義

　　小說開頭，就是小說的開端部分，一般用來交代故事背景，引出故事的人物，或者設置懸念，為下文做好鋪墊。

術語解釋

　　開頭是小說結構的重要組成部分。一般的開頭，都要儘快告訴讀者一些重要的內容，抓住讀者的注意力，將毫無準備的讀者引入小說的規定情境之中。好的小說開頭還要設法讓讀者直接參與到故事中來。

　　傳統小說、現代小說、超現實小說在開頭上有所不同，大致可做如下劃分：

小說賞評常用術語

1. 傳統小說的開頭：從故事開始發生的時間講起，故事的時間與敘述的時間同步，清晰地交代人物、地點、時間，在平和的敘述語氣中佈下小說的懸念。

2. 現代小說的開頭：從已經發生的故事中間講起，故事的發生時間與敘述的時間不同步。敘述者講述一個已經發生並且正在繼續發生的故事，讀者可以隨著敘述者的講述走進故事，讀者的閱讀時間與敘述者的講述基本同步。這種開頭給讀者設置了多重的懸念。

3. 超現實小說的開頭：常在開頭的幾句話中，隱含了多重敘事時間，讓故事本身變得複雜迷離、難以捉摸。

儘管幾種開頭有所不同，但承擔的主要任務一樣，都要在開頭交代作品的主要人物和故事發生的背景，營造故事的氣氛，為故事的開展佈下誘人的懸念，為小說的成功奠定基礎。

用法舉隅

王蒙的小說《海的夢》與傳統小說有所不同。它不是以敘述一個故事為目的，而是要表現一種情感意緒。作者借小說人物寄託自己的思想感情，表現出對生活不斷探索追求的激情以及對未來的信心。

這篇小說故事發生的時間明顯早於故事講述的時間，讀者和講述者一起從故事的一個新階段進入故事：從"火車站"開始走進故事、走近人物。小說的開頭部分交代了主要人物：五十二歲的翻譯家繆可言來到海濱療養院休養，他自己講述已經經歷過和將要經歷的事情，像是自言自語；交代了故事發生的背景：一個海濱療養院；安排好懸念：這個人物為什麼現在才看到海？在看到了多年嚮往的大海後會如何？

　　由於不知道在此之前已經發生過什麼樣的事，所以從故事一開頭就給讀者設下了雙重懸念：在此之前發生了什麼樣的事和此後的繆可言將會發生什麼樣的事？繆可言和海究竟有什麼關係？這樣的開頭符合小說內容的特點。

　　在分析小說時，如能抓住開頭部分進行深入的分析就會起到事半功倍的效果，對下一步理解作品的人物、挖掘作品的主題有很大的幫助。

　　侯德雲的小說《冬天的葬禮》的開頭很有意思。敘述人"我"講敘了一個自己還沒有出生時發生的故事，故事的當事人是"我"的父親，"我"是在轉述一個從父親那裏聽來的故事。這個開頭和傳統小說有很大不同，在開頭部分提供了多重時間：故事講述的時間、聽故事的時間、故事發生的時間；交代了人物：現在的故事轉述者、故事的講述者、故事中的當事人；安排好懸念：那個冬天到底發生了什麼？小說的開頭懸念重重，彷彿把讀者引入一個迷宮。

備考點睛

　　萬事開頭難，小說開頭往往是最能體現作者匠心獨具的部分。以往的中短篇小說試卷中，有考題明確要求針對短篇小說開頭進行論述。在閱讀時如果能抓住作品開頭中呈現出的幾個要素順藤摸瓜進行分析，有助於對作者的創作意圖、小說的風格特色作出預測判斷，為後面的深入理解創造有利條件。特別是在完成 P1 的限時寫作考試時，從開頭入手抓住幾個要素把握短篇作品，省時省力，是寫作成功的關鍵之一。

讀記歸要

61 小說結尾
Ending

詞語本義

　　小說結尾，就是故事情節的結局部分，起著結束全篇、揭示主題的作用。

術語解釋

　　結尾是小說結構中不容忽視的重要組成部分。一般來說，在小說結尾，故事中的各種矛盾得到解決，人物的塑造完成，作品的主題得以深化，或令人滿足，或讓人感歎，也可能留下了充足的空間讓讀者對小說的意蘊進行深入的思考。

　　小說結尾和小說開頭一樣有多種多樣的方法。傳統小說的結尾是封閉式的，往往要解決故事中所有的矛盾與衝突，清楚

小說賞評常用術語

地交代主要人物的去向和歸宿。以中國古代的小說為例，很多都是"大團圓"結局，小說中的好人苦盡甘來，男女主人公終成眷屬；小說中的壞人下場悲慘，忠奸善惡各得其所。即使是悲劇小說，也會清楚地交代人物的結局，不給讀者留下任何懸念和猜想的餘地。

對於現代小說家來講小說的重點並不在故事的結局或人物的去向，而是要突出情節發展過程給讀者留下的深刻印象，注重故事和人物本身給讀者帶來的體驗與感受，強調作品引發讀者對社會問題的思考。因此，現代小說常採用"開放式"結局。這種結局中，人物、事件沒有明確的交代，讀者可以根據自己的判斷得出多種預測。這樣的結局，可以給讀者帶來震撼和刺激，留下思考和疑慮，提供廣闊的想象創造餘地，更符合生活真實複雜的多樣性，因此也更符合現代人的審美需求。

用法舉隅

白先勇的小說《永遠的尹雪艷》採用了開放式結局。作者並沒有向讀者清楚地交代尹雪艷的去向歸宿，而是寫了尹雪艷的一句話："我來吃你的紅"。這句話表面上看來不過是尹雪艷在麻將桌上的一句慣常的閒話，但其中寓意深遠，是一句意味深遠的雙關句。

這樣的結局，回應了作品的開頭，完善了小說的結構，同時也起到了進一步揭示文章主題的作用。讀者如果能回想故事中尹雪艷身邊的人不斷死於非命的情節，或許可以推斷這一句話其實是在暗示著下一位受害者即將出現，或者也可以理解為對尹雪艷將來的預示。這開放式結局符合真實生活多樣化的特點，讀者可以通過自己對人物的理解和想象，完善小說的內容，從而加深對主題的思考。

　　西西的小說《像我這樣的一個女子》結局含糊不清，留下疑點和懸念：是不是"我"誤解了夏？夏的想法是不是根本不是"我"所想的這樣？夏聽完了"我"的解釋會非常理解"我"的行為，還是會恐懼得逃走？每一個讀者在閱讀的時候都會根據自己的分析判斷得出自己的結論，所以這個小說的結論是開放式的、沒有定論的。

　　正是這樣的一個結尾，造成含糊不清、歧義叢生的小說效果，增添了小說的閱讀趣味。這種策略的高妙之處，就是作者利用第一人稱視角的局限故意留存疑點造成的。和傳統的小說結局相比，作者並沒有把一切問題都講清楚，而是給讀者提供了更加廣闊的參與、想象、思考的空間，小說因此具有了"現代味"，更具吸引力。

備考點睛

．．．

　　有關小說情節結構的一些術語、技巧，一直是 P2 考試的重要內容。小說的結尾是作品的"點睛"部分，往往蘊涵了耐人尋味的寓意。以往的中短篇小說考卷中，有題目要求考生對短篇小說的結尾進行分析，也出現過要求討論人物外表與精神面貌在作品前後出現反差的題目。考生在分析評論小說的結尾時，不能只看結尾部分，應該結合小說的整體結構、敘述人稱角度的設置等來全面論述，才能看清小說結尾的影響作用。練習時可以選一個第一人稱小說的結尾和第三人稱小說的結尾進行比較分析，區別自現，不言而喻。

讀記歸要

62

反高潮
Anticlimax

詞語本義

　　高潮，指的是事物發展到一定高度，必須要轉變的轉折點。在敘事作品中，高潮指故事情節達到了緊張的最高點，即將轉折變化的時刻。反高潮，指一種意外，就是說在某一個事件結束時，沒有出現人們意料之中的情形，反而出現了超乎意料的結果。這種結果無法滿足參與者或觀望者的預期估計，使他們感到失望。

術語解釋

　　反高潮是文學和影視作品中常用的一種藝術表現手法，是一種違反常規、製造意外的手法。反高潮的本質是違反常見的故事走向，違反常理的事情結局。用這種手法製造意外，不是為了製造出令人驚喜的效果，而是要製造出一種意外的令人失望的效果。

小說高潮是小說的故事情節和人物命運發生變化的轉折點。小說開頭引出矛盾，經過發展鋪墊，衝突激烈達到了不得不解決的頂點，關鍵的情節讓事件發生意想不到的轉變，揭示出小說主題、完善了人物性格。

反高潮指的是當故事情節發展到了高潮階段，要解決矛盾衝突時，卻沒有出現觀眾所期待的戲劇性情節，相反出現了使觀眾感到失望的情節。觀眾普遍期望看到的結果與作品所展現的內容之間產生了較大的反差，造成了一種期望落差的效果。

反高潮在讀者普遍認為該出現高潮之時未有高潮、該圓滿之處未能圓滿，讓讀者的預期徹底落空，引起失望錯愕的反應。合理的反高潮，初看起來變化突然，令人錯愕驚訝，細讀則合情有理，經得起推敲，具有一定的合理性，而不是毫無邏輯的跳躍發展，不是沒有意義的轉折。

反高潮的作用在於產生一種陌生化的情形，打破讀者慣常的欣賞習慣，從而突出作品的獨創性和深刻性，激發讀者更深刻的思考，讓作品餘味無窮。

用法舉隅

　　反高潮就是違反常見的情節走向，令小說人物的歸宿違反常情常理、向著預期中好結果的反方向發展，令人感到意外失望。反高潮的手法運用得當，可以產生令人驚歎震撼、超凡脫俗的藝術效果。

　　反高潮是張愛玲很喜歡用的小說寫作手法。張愛玲的小說常寫男女之愛並以反高潮結尾。這種低調壓抑的手法使小說情節減少了戲劇性，增添了真實性。

　　例如，在《小艾》中，前半篇極力描寫小艾被五老爺、五太太、憶妃老九虐待的痛苦遭遇，結尾卻沒有出現一般小說"苦盡甘來""惡有惡報善有善報"的結局。小艾剛得到婚姻幸福，馬上面臨病痛、貧困，然後與丈夫分離，最後早逝。小艾的人生黯淡無奇，不堪回首，使讀者的失落之感油然而生。

　　又如，在《半生緣》中，因誤會分離的愛侶世鈞與曼楨，歷經磨難，十四年後終再相逢，男女主人公激動人心的愛情故事竟以相對無語平淡無緣而結尾。這種反高潮的做法讓讀者的期待落空。

　　反高潮的結局是張愛玲小說的風格特色之一。這種結局讓讀者錯愕驚訝過後進行反思，推敲人情事理，明白世事無常、人事未必都能皆大歡喜的人生真相。

備考點睛

　　"反高潮"的手法和技巧，不僅僅被小說作家所採用，也在多種藝術作品中廣泛使用，在電影、戲劇、歌曲等中屢見不鮮。運用"反高潮"的手法和技巧，不僅表現出作家的藝術水平，也能體現作家的思想高度。學會從具體作品中發現作者對社會的觀察角度，分析作者運用"反高潮"的手法和技巧來表達其對人生社會獨到的見解，領會文學與人生的密切關聯，感受文學的魅力。

讀記歸要

63 後設小說
Metafiction

詞語本義

　　後設，是從英文 Meta 這個詞根翻譯而來的。Meta 有在後面、在上面、超越的意思，所以後設的意思是在原有架構之外或之上再架設一層架構。以蓋房子為例，先蓋了一個小房子，又在小房子之外架設了一個大房子，兩個房子套在一起，這個大房子就是一個"後設房子"。文學創作借用了這個概念。例如，有人寫了一首詩，另外一個人讀了這首詩，有感而發寫了一首詩來賞評前面那首詩，後寫之詩就是一首後設詩。同樣，後一篇小說因為前一篇小說而創作產生，就叫作後設小說。

術語解釋

　　後設小說又稱元小說、超小說，是一種小說類型。典型的後設小說寫作技巧是將原先的故事或劇情設定為一件文學作品，隨後揭露故事的"真相"。用通俗的話說就是：故事中套故事，小說上架小說。

後設小說的特徵歸納起來有如下幾點：

1. 強調作品的虛構性，打破讀者的閱讀習慣。傳統小說鼓勵讀者在閱讀作品的時候，要完全進入小說的境界，忘記書本以外的世界，作品以能夠吸引讀者"信以為真""如癡如醉"為榮耀。後設小說恰恰相反，其目的就是要提醒讀者小說是虛構的，是作者編造的，暗示讀者所閱讀的內容不等於真實的現實，不必全信。其目的是顛覆讀者對小說原有的認識，改變讀者的閱讀觀念。

2. 有意暴露寫作過程，突出作者的角色地位。傳統小說的作者要隱藏在小說作品背後，讓小說的人物、情節來說話。後設小說卻被看作是作者寫自己，以自己為主角的小說。作者有意暴露寫作過程，突出作者的角色，在講述的過程中，還要利用種種手法達到中斷讀者全情投入的目的，甚至邀請讀者介入作品創作中。小說作者以虛構的故事來解構另一個虛構的故事，讓讀者跟隨作者對故事進行思考、反省，引導讀者思考小說與現實之間的關聯，進而探討小說本身的虛構性。

3. 用反諷手法表達諷刺意味，製造似真即假、欲彰彌蓋、越說是真就越是假的效果。後設小說採用含蓄的非線性敘事、時空跳躍和故意前文不對後理等手法，打斷讀者閱讀的連貫性。

最常見的後設小說是作家在故事中創造另一個故事。例如，作者自己出面公開宣佈自己在虛構故事，在已有的故事中再創作一個故事，凸顯小說虛構的特質。西西的小說《蘋果》就是如此。

用法舉隅

後設小說通常跳躍性強，說故事的方式有別於傳統小說。後設小說有一個明顯的標誌，就是寫小說的人和小說裏的人物相互交錯出現，作者在小說中告訴讀者自己創作小說的過程。傳統小說向讀者展示的是作品中的人物、情節、環境等內容，而後設小說則注重向讀者展示作者本人寫這部小說的過程。

侯德雲的小說《冬天的葬禮》可以看作是一個後設小說。小說的作者一開始就告訴讀者故事的素材是如何得到的、故事從何轉述而來，以及他講述的前後過程。這些內容和原本的故事沒有關係，但是卻成為了小說的一個部分。小說有兩個"時空"，一個是故事發生的時空，另外一個是作者講故事的時空。兩個不同時空的故事，疊加穿插在一起，就構成了"後設"的概念，在一個故事中疊加了另外一個故事，故事中套故事。

作者刻意將讀者領進不同的時空中穿插行走，一會兒進入當事人講述故事的時空，一會兒進入作者聽故事的時空，一會又穿梭於故事發生的時空。在講述過程中，作者不時表達自己的種種看法和見解，強調作者介入作品的同時，也打破了讀者的閱讀習慣。小說的結尾利用後設小說強調"反省"的特點，對現實世界、故事發生的前因後果進行反思，體現出後設小說的特點。

備考點睛

　　IB文學課程具有前瞻性和挑戰性，鼓勵學習者能與時俱進接受各種新的文學觀念與創新實驗成果，敢於探索新型的文學樣式，並在閱讀、分析、賞評各種文學作品中開闊視野構建自己的觀點。在P1考試中會有一些新作品出現，考生要有意識地進行廣泛的課外閱讀，熟悉多種作品形式，彌補課堂學習的局限與不足。在HLE或EE選題時也可以大膽選擇此類作品進行研究。

讀記歸要

後設小說

64 複調小說
Multi-perspective fiction

詞語本義

　　複調，即多聲部，本為音樂術語，指由幾個各自獨立的音調或聲部組成的音樂。複調音樂中，兩種或多種聲音同時呈現，每個聲部既具有獨立性，又彼此和諧。

術語解釋

　　複調小說借用了音樂術語複調。複調小說指的是借作者、敘述者、角色等不同層次的講述，使各種人物的聲音同時多聲部存在，形成眾聲喧嘩之效果，以此表現彼此衝突共存的不同想法、不同觀點的小說。

　　複調小說有幾個特點：

1. 複調小說中有眾多人物，形成各自獨立、不相融合的聲音。每一個人物都是自由人，都具有獨立性，以自己的聲音發言，直抒己見。每一個聲音都是具有完整思想的主體，而不是作者思想的表現者。

2. 複調小說的角色與作者具有平等地位，人物的自我意識與作家意識具有同等價值。角色可以不同意作者的意見，甚至反抗作者。

3. 複調小說以對話為內容。每一個思想是一種話語，只有各種思想話語相互對話時才有意義。小說中人物之間，甚至人物自己本身會不斷產生對話，互相爭辯。有時作者自己也夾雜在眾多角色中，但作者並不把自己的聲音作為一種基調。

用法舉隅

西西的小說《煎鍋》寫的是一個香港家庭的故事。小說中的人物是全家而不是一人。小說中，丈夫講述不懂英語升職困難的問題；妻子講述自己對丈夫工作前景的疑問及擔憂；女兒響應老父的問題，也講述讀中文中學英語程度差出路不好的問題；兒子也響應老父的問題，主動教他英語，又講述出自己工作與生計的問題。小說最後以一鍋蓮子百合紅豆沙結尾。小說人物各自發出聲音，用自己的話語表達自己的煩惱和思考，雖然各有局限，但每一種聲音都代表了八十年代香港社會普通人家不同年齡階段的問題，反映了一般家庭普遍面對的民生困境。

　　作品突出體現了複調小說的特色：四個獨白，四個分場，時間不同，內容有差別，一個推動另一個。小說情節以一家四口的獨白來呈現：丈夫、妻子、女兒、兒子，每個都是具獨立意識的自由人。四人獨白，一個接一個，後一個成為前一個的響應，同時又提出新的問題。四個人物在不同時間、空間及場合行動，但又彷彿正在一起互相討論，構成一種對話的情景。四人的意識互相依賴，每一個獨白、思想僅僅是一個話語，只有在和他人思想對話時才能產生意義。多種聲音各自獨立而又彼此和諧，構成了互相依存的藝術效果。

　　複調小說這種寫法，無疑更容易引起讀者的思索和主動參與。西西的小說《碗》為表現兩種對立的生活態度而採用兩個獨白交替並行的複調小說形式。

　　余美麗及葉蓁蓁兩位十年沒見的中學同學，因買碗而偶然相遇。兩人本為中學好友，一起讀書、踢球，但畢業後各行其路，具有兩種完全不同的人生態度和價值觀。

　　小說中的兩位女性人物通過自己的獨白展現出兩種截然不同的人生觀。獨立而平等的兩個主體各說各話，兩人互相對立、充滿矛盾及衝突的思想在小說中交替出現，形成兩種不同的聲音在文本中進行對話，產生 "多聲部" 的喧嘩效果，表現出社會上不同想法和觀點之間的衝突。

作者並未對兩種不同的生活方式表示任何意見，從而充分表現出每一個人物都以自己的聲音發言，是具有完整思想的主體，而不是作者思想的表現者。小說將相互對立、衝突的觀點，公開擺在讀者面前，由讀者憑自己的接受能力去判斷。

備考點睛

複調小說借用了音樂的概念，可見小說也是在其他藝術形式的影響下發展的。中國香港作家西西是一個善於大膽嘗試的作家，推薦考生閱讀她的作品，感受一下多種新手法和技巧在小說中的運用。

讀記歸要

65

寓言小說
Fable

詞語本義

寓言，文學體裁的一種，是含有諷刺或明顯教導意義的故事。寓言有故事情節，結構簡單。寓言的主人公可以是人，可以是動物，也可以是非生物。

術語解釋

寓言是一種短小精悍，蘊含諷刺意味並富於諷刺力量的文學樣式。形式上，寓言像是一個篇幅短小、情節簡單的故事。內容上，寓言具有鮮明的諷刺寓意。寫法上，寓言多用託喻的手法，借此喻彼、借小喻大，寓言還多採用誇張的手法表達諷刺批判，語言精當凝練。

寓言通過虛構的故事，借用故事的情節、人物，把富有教育意義的道理表達出來，達到借形象喻抽象的目的，生動地說明蘊含其中的道理，起到諷刺教導的作用。

寓言小說是富有寓言色彩，具有寓言性質的小說。寓言小說用小說的形式、寓言的手法來創作，借用小說的人物和故事情節表達強烈的諷刺和批判精神。

寓言小說的特點如下：

1. 內容虛構：寓言小說通過虛構人物與情節來描述一個具體的藝術世界，可以反映現實的生活，也可以反映超現實的生活，可以用違反人類存在和行動的方式來表現社會的荒誕性、超現實性。小說角色可以是人物、鬼神、動物、植物等。

2. 寓意深刻：寓言小說借虛構的故事及人物進行間接地影射諷刺，借個別的荒誕情節與人物來呈現作品的深刻寓意。寓言小說可以借此喻彼、借遠喻近、借古喻今、借小喻大、借物喻人、借具體喻抽象，達到勸喻或諷刺的目的。寓言小說的作者不直接說明作品的寓意，而是讓讀者在閱讀中自己聯想和感悟。

寓言小說

用法舉隅

寓言小說，指借小說的形式，通過小說的人物和情節來寄託深刻的寓意，表現批判和諷刺意味的作品。寓言小說採用第三人稱，從全知的角度為讀者展開敘述，採用誇張的手法刻畫人物，將作品的諷刺與批判隱含其中。

胡適的《差不多先生傳》是一篇寓言小說。作者以人物傳記的形式成文，對差不多先生的性格和行為進行誇張描繪，諷刺國人的陋習。

作者虛構出差不多先生一生敷衍塞責，凡事不肯認真，結果以悲劇收場的故事，指出這種行事態度正是中國積弱的病根，期望國人警惕覺悟、革除陋習。作者用反語法，把差不多先生毫無意義的話稱作"格言"，把一事無成的差不多先生譽為"一位有德行的人"，把普通的差不多先生奉為"圓通大師"等。這種實質與美稱的極度反差，突出了差不多先生蒼白、猥瑣、無能的性格，寫出了他下場的可笑和可悲。"他死後，大家都很稱讚差不多先生樣樣事情看得破，想得通；大家都說他一生不肯認真，不肯算賬，不肯計較，真是一位有德行的人。於是大家給他取個死後的法號，叫他做圓通大師。"寫差不多先生死後還有人稱讚、仿效他，目的是指出做事馬虎、敷衍塞責、是非不分是相當多國人的通病，嚴重影響了整個社會。作者用寓言的形式諷刺國人，增強了效果，引人深思。

備考點睛

優秀的小說作品都具有深刻的寓意，但寓言小說卻特指一

小說賞評常用術語

類小說作品。此類作品具有悠久的文化傳統，值得考生細心揣摩深入研習。

　　考生要針對具體的作品，結合寓言小說常用的手法技巧進行分析，明確作品所諷刺的具體對象，所批判的社會現象，領會作品的深刻寓意。以往的小說考題中有要求分析作者用何種手法進行倫理道德批判的題目，也有要求考生對作品運用動物與植物的意象為主題服務進行分析評論的題目。考生可以結合寓言小說的特色，表現手法技巧做出回應。

讀記歸要

寓言小說

66 荒誕小說
Absurd fiction

詞語本義

荒誕，就是荒唐、離奇、怪誕，虛妄而不可信的意思。

術語解釋

荒誕指的是人從某種主觀感受出發，把一些事物虛構到極點，改變其客觀的形態和屬性，使之完全脫離現實的一種方法。

荒誕小說以薩特和加繆的存在主義哲學為基礎，是二十世紀中期西方現代主義文學的重要組成部分。

荒誕小說就是用荒誕的手法，以荒誕不經、離奇古怪的故事情節，揭示事物現象背後的本質特點，直接表現出現實社會中荒誕的存在，諷刺現實。荒誕小說運用怪誕和象徵的表現手法表現抽象的思想感情。在日常平淡無奇的生活環境裏展示出荒誕，說明荒誕無處不在，揭示生活意義虛無、人與社會不和諧、人的異化等主題。

荒誕小說把諷刺與幽默結合在一起，造成苦澀、嘲諷、滑稽的藝術效果。小說的故事情節荒誕而離奇，時空和人物不確定，並且有意將現實中的具體人物抽象化，將現實存在和非現實的虛幻交織在一起。荒誕小說具有很強的虛構性，通過變形、誇張、陌生化、象徵、意識流等手法，表現出現實生活的不合情理，達到批判現實的目的。

用法舉隅

荒誕小說被認為是第二次世界大戰的產物。二戰後，荒誕小說在西方興起並迅速流行，成為很有影響力的現代派文學。加繆的《局外人》，卡夫卡的《變形記》《審判》《城堡》等都是荒誕小說的代表作。

卡夫卡的小說是荒誕小說的傑出代表，表現了人孤獨恐懼、世界荒誕、社會異化的主題。《變形記》講述了一個荒誕而辛酸的故事，人變甲蟲，像甲蟲一樣生活。甲蟲這一形象被賦予了雙重的意蘊：一方面表明了人自身價值的喪失，顯示了人在這個荒誕世界的無能為力，不能掌握自己的命運；另一方面甲蟲使主人公與其他同類群體相隔離，從而揭示出人在社會中的孤立、悲哀以及人與人之間的隔膜與無法溝通。小說深刻揭露了現實社會中權威不可抗拒、障礙不可克服、孤獨不可忍受、人無法正常生存的殘酷現實。

　　二十世紀八十年代後，受西方現代派文學影響，中國的荒誕小說出現了。一些作家借用荒誕的形式來反映現代人與社會的各種矛盾和荒誕的存在狀況，大膽揭露社會現實中存在的矛盾和不合理現象，展開對社會現實的反思與批判。作品具有強烈的批判精神，也顯示出某些民族文化的特徵。在人物形象的塑造上與傳統文學不同，小說人物大多是一種反英雄，平常普通、缺少信仰和追求，或者令人感到滑稽可笑。小說大量運用象徵、變形、意識流、時空的真幻錯位等西方現代派表現手法，以及一些反常規的敘事結構和敘述語言。如，王蒙的《風息浪止》，通過荒誕的手法來揭示現實生活中存在的不合理、不正常的現象，諷刺和批判社會現實。

備考點睛

　　荒誕小說的產生發展是有深刻的時代歷史背景的。要理解此類小說，需要具備相關的知識。在 HLE 或 EE 寫作中，可以選用幾個具有典型意義的代表作家的作品進行分析研究。以往的小說考卷中，有題目要求考生針對小說作品如何以小人物的遭遇來反映時代變遷進行分析評論。考生可結合荒誕小說的情節內容以及人物設置予以回應。

讀記歸要

戲劇教學文學術語使用範例

　　一般來說，語文課堂上的戲劇教學針對的是戲劇劇本，劇本教學很大程度上與敘事性文學作品的教學相類似，目的是通過課堂的學習達到：

- 理解劇本的主題寓意與價值意義
- 熟悉劇本的文體特徵及體制規範
- 欣賞戲劇塑造人物的手法及效用
- 品味戲劇語言的特色與風格魅力

　　在此，我想以《雷雨》為本舉出幾例，簡單談談本書中的哪些文學術語可以運用在戲劇教學中。

一、有助於理解劇本的主題寓意與價值意義的術語

　　引導學生從內容上理解和欣賞劇本是教學的首要任務，這部分的教學中可使用以下術語：

　　1. **母題**，參見 P81 詩歌部分術語 "母題"。

　　《雷雨》的母題，借鑒了古希臘悲劇《俄狄浦斯王》的原始母題，採用了具有人類普適性的卻又有著高度禁忌的 "亂倫" 母題敘事，表現了人生命運的不公正性、非理

性與無法逃避的偶然性所造成的巨大悲劇。《雷雨》結合中國特定地域、時代、社會和文化，突破了中國傳統的戲劇模式，成為中國現代戲劇藝術的典範。從這個角度引導學生，探討悲劇作品中所體現的命運觀，可以加深學生對作品的主題寓意的理解。

2. **象徵**，參見 P47 詩歌部分術語 "象徵"。

學《雷雨》避不開理解 "象徵" 這個術語。《雷雨》巧妙運用雷雨貫穿全劇是其取得巨大成功的一個關鍵因素。劇本用 "天氣更陰沉、更鬱熱。低沉潮濕的空氣，使人異常煩躁" 的自然景象象徵一個封建資產階級大家庭的矛盾經過醞釀、激化，進入高潮，在雷電交加的狂風暴雨之夜徹底崩潰的社會現象。教學中，可引導學生理解作者如何用雷雨這個自然現象象徵半封建半殖民地的中國社會的巨大變革，用令人震撼的閃電象徵封建傳統道德的虛偽面紗的撕裂，用狂風暴雨象徵中國舊社會的黑暗與罪孽必將被沖刷滌蕩，真正理解劇本的價值與意義。

3. **意象**，參見 P6 詩歌部分術語 "意象"。

《雷雨》中具有象徵寓意的意象比比皆是，不僅深化了作品的內涵，也增加了作品的詩意。雷雨、周宅、照片、藥、樓上等都是具有深意的象徵意象，如，雷雨，不僅是故事情節發展的線索和背景，也是塑造人物的手段，蘩漪充滿憤怒與壓抑最終走向變態極端的性格與感情也被賦予了雷雨的特點；藥、病，是壓迫蘩漪的象徵；樓上，是蘩漪被隔絕囚禁的象徵，她在樓上失去自由最後發瘋。藉助"意象"這個術語，可引導學生對運用意象這種文學手法所產生的效用加深理解。

二、有助於學習劇本的文體特徵及體制規範的術語

沒有衝突就沒有戲劇，瞭解戲劇的文體特徵要從戲劇的矛盾衝突、結構處理方面入手。戲劇的場景設置、人物設置、結構安排都起到了構築和凸顯戲劇矛盾衝突的作用。本書中各部分的一些術語都可以在這部分的教學中使用。

1.**人物設置**，參見 P254 小說部分術語"人物設置"。
《雷雨》設置了複雜的人物關係，構成了多重激烈的戲劇衝突：

- 周樸園與魯侍萍、周樸園與蘩漪、魯侍萍與魯貴的夫妻關係；
- 周萍、四鳳、周沖之間的戀人關係；
- 蘩漪與周萍的亂倫關係；
- 周樸園與周萍、魯大海的父子關係……

各種複雜畸形的關係混合交集，奠定了戲劇成功的基礎，戲劇衝突激烈，悲劇結果成為必然。

2. **典型環境**，參見 P228 小說部分術語 "典型環境"。

《雷雨》塑造了典型環境即周家和魯家兩個場景，影射當時整個中國封建社會，既展示了封建家庭內部的腐朽敗落又表現了資產階級和工人階級的對立。這個典型環境不僅突顯了人物的性格，使得人物形象豐富飽滿，還推動了情節的發展，使戲劇具有了表現時代社會的價值。

3. **篇章結構**，參見 P154 散文部分術語 "篇章結構"。

《雷雨》採用了西方戲劇 "三一律" 的結構方式，以 "追溯式" 敘事手法，巧妙地將周魯兩家三十年的恩怨及劇中所有的人物的命運集中在一天之內，情節安排嚴謹，結構設置完整，從看似圓滿完美的家庭開始，終至由家破人亡的悲劇結束，整個戲劇跌宕起伏極具吸引力。

《雷雨》中，不僅全劇有明顯的開端、發展、高潮和結局，而且每一幕都有一個小高潮，有起伏有重點，為全劇的主要衝突和高潮奠定了基礎。《雷雨》巧妙用侍萍三十年前的照片做道具貫串全局，製造了懸念，將劇情層層展開。

注意，在分析劇本的文體特徵時，本手冊中小說部分的術語，如敘事時間、敘事距離 / 密度（參看 P207 小說術語部分 "敘事時間"、P212—218 "敘事距離 / 密度"）等都可以使用。《雷雨》的故事很複雜，戲劇敘事時間與故事時間是不一樣的。這個戲一共四幕時間只有一天：早晨、下午、當天晚上十點以及午夜兩點，整個戲劇敘事的時間沒有超過二十四小時，但是這個故事的時間整整跨越了三十年。

三、有助於欣賞戲劇塑造人物的手法及效用的術語

1. **巧合**，參見 P250 小說術語部分 "巧合"。

曹禺說："一部《雷雨》全都是巧合"。《雷雨》突出運用巧合表現人物的命運，如四鳳母女兩代三十年間的遭遇；魯大海與父親相遇與衝突等等。全文有多個巧合，以 "巧合" 製造矛盾衝突，推動情節發展，完成對人物的塑造。

2. **伏筆**，參見 P236 小說術語部分 "伏筆"。

《雷雨》每一幕都為情節發展埋下伏筆。如，第二幕中，魯侍萍對房屋的感覺為她與周樸園關係的揭示埋下了伏筆；第三幕中，魯侍萍對四鳳的擔心為四鳳的結局埋下了伏筆；第四幕中，漏電的電線為四鳳和周沖觸電身亡埋下了伏筆，一把手槍為周萍自殺埋下了伏筆。

除上述術語外，小說術語部分的 "懸念" "鋪墊" 等術語，都可以用來對戲劇的情節人物進行分析。

3. **反諷**，參見 P93 散文部分術語 "反諷"。

《雷雨》中的周樸園本人的自我標榜與客觀事實之間

反差很大，具有強烈的反諷色彩，作者以這樣的手法，將人物的本性暴露無遺，對其進行了辛辣深刻的諷刺，也就構成了對社會的批判。除了"反諷"，在分析人物特點時，也可以藉助"類比"這個術語（參見 P136 散文部分術語"類比"）將此劇與其他作品進行相同類型的人物比較，如《雷雨》中的周樸園在虛偽、兇狠、專制及思想腐朽上面，與《紅樓夢》中的賈政很相似。

4. **襯托**，參見 P107 散文部分術語"襯托"。

《雷雨》善用環境場景來襯托人物不同的心理活動，突出人物的性格與命運。如，周沖的美好理想與他生活環境的黑暗醜惡，形成強烈反差，由此襯托出周沖心靈的單純美好，預示了他的悲慘的結局。此外，在分析環境對人的影響時，也可以藉助"渲染烘托"（參見 P111 散文部分術語"渲染烘托"）的術語。如，第三幕的舞台提示中，作者對劇中人物所處的環境和氣氛做了說明，在交代了故事發生的時間的同時，渲染了舞台氣氛，烘托了悲劇色彩，暗示了人物的煩悶心理，奠定了全劇壓抑、憤懣的感情基調，預示了悲劇的結局。

四、有助於品味戲劇語言的特色與風格魅力的術語

1. **語氣**，參見 P169 散文部分術語"語氣"。

戲劇是以對話表現矛盾衝突推動事件發展，以人物的語言來刻畫人物性格的。劇中的台詞，都是從行動著的人物的嘴裏說出來的，不同身份、在不同場合、不同情緒的人說話的語氣各異。應用這個術語，有助於體味分析戲劇語言的特色。《雷雨》中，作者用疑問句、祈使句與陳述句來表現人物的內心感受與外在行動，展示出人物間的矛盾衝突，推動劇情發展，吸引觀眾。如，分析喝藥一場戲時，離不開對於周樸園用祈使句強令繁漪喝藥的語氣，表現人物具有家長權威的專橫。劇中許多欲言又止的潛台詞，也都從不同人物的不同語氣展示出人物間的矛盾衝突。在舞台指示中，有很多語氣的提示，如"冷冷地""冒然""低聲""憤憤""不安地""含糊地""尖酸地"等等，使台詞的感情色彩合於當時的規定情境，也準確地傳達了人物的內心衝突，可見語氣的重要性。

2. 張力，參見 P69 詩歌部分術語 "張力"。

張力是評價文學作品優劣的一個重要指標。《雷雨》的藝術魅力源自於它從深層寓意的內容到陌生化的形式都充滿了動靜張弛、喜怒哀樂的張力美感。《雷雨》充分利用懸疑、重複、對比與巧合等敘事技巧，將復仇、愛情、人性和命運等雜糅在一起，構成一個大悲劇，從而具有了多層面、多向度、多蘊含的藝術魅力。《雷雨》的張力也來源於它的多元性解讀性。在教學中可由這個術語入手深入展開。

3.**風格**，參見 P179 散文部分術語〝風格〞。

《雷雨》雖然借鑒了西方話劇的形式遵從〝三一律〞，但它具有鮮明的中國民族風格。首先它〝無巧不成書〞，具有中國傳統戲劇富有傳奇色彩、情節曲折的特色。其次，符合中國觀眾的欣賞習慣，用序幕和尾聲使劇情有始有終；最後，它展示的是中國式的悲劇、刻畫的是中國社會的人。在語言上《雷雨》也有獨到的藝術風格，在緊張刺激的戲劇衝突中使用富含魅力的語言展現角色的內心世界，耐人尋味的台詞對話，個性鮮明的角色語言感情強烈，在意象的使用上、在營造象徵寓意深刻的意境方面都體現了詩劇的風格特色。

在分析《雷雨》的風格與魅力時，類似於陌生化（參見 P73 詩歌部分術語〝陌生化〞）這樣的術語也很有用處。從戲劇的歷史角度來看，《雷雨》深受西方文化影響，給中國觀眾帶來了陌生的藝術享受，也就是產生了陌生化的效果。

眾所周知，不同的戲劇作品具有不同的特點，教學中可以選用不同的術語入手分析。但只要是分析文學作品，文學術語都可以在不同程度上選擇運用。本文受文字所限僅舉了《雷雨》來談，若有不當之處，願與讀者商榷。

索引

拼音索引

筆畫索引

英文索引

後記

　　2015年聖誕節假期，我完成了這本術語手冊的初稿，心中充滿了快樂！

　　但是初稿的完成只是一本書製作的開始，從2016年3月開始，我和香港三聯書店的尚小萌編輯合作，對書稿的體例形式和文字內容進行了多方修訂。在小萌和市場部的建議下，加設了"備考點睛"和"讀記歸要"欄目以方便學生使用。為了使"備考點睛"部分更加與時俱進，我對2016年5月IBDP考試的考卷考題進行了分析，增添補充了新的內容。慢工出細活，這本術語手冊經過了數月逐字逐句的審閱刪改，終能在2016年結束之前呈現給讀者。小萌編輯是一個非常敬業且又專業的編輯，她認真的工作態度和高效的工作能力，使我們的工作進展得愉快而又順利。從她那裏我獲益良多，在此深表感謝。

　　我的寫作一直得到家人的厚愛。這本書的插圖是我的小女兒創意繪製的。繼《國際文憑大學預科項目中文A文學專題研究論文寫作指導》之後，她又一次將自己的審美追求與對IB同齡學生的理解融匯在一起，為我的教材設計插圖和封面。我的大女兒認真地為我校訂每一個術語的英文釋義。母女合作無間，給我帶來無窮的快樂。

我誠摯感謝香港三聯書店的侯明總編。她對 IB 課程不遺餘力地推廣，展示出卓識與魄力，她對製作書籍的精細要求，體現了務實與嚴謹。正是她對選題的充分肯定，對作者的支持鼓勵，確保了本書出版的順利。我對她充滿敬意。

　　本書內容，應課堂教學需要而生，經過了課堂的不斷試用，但由於筆者能力有限，錯誤與疏漏在所難免，敬請使用者指教。

董寧

2016 年初冬於香港

再版後記

　　這本《文學術語手冊》是 2016 年正式出版的。它的問世成就了我的一番心願：為我心目中的目標讀者 —— 正在和將要學習 IBDP 中文 A 文學課程以及語言與文學課程的學生、喜愛閱讀文學作品的青少年提供學習的必要資源，彌補因文學術語工具書不足而造成的缺憾。

　　在香港三聯書店的鼎力相助下，我的願望成真。本書出版至今一直得到廣大讀者的青睞。到 2022 年 8 月，《文學術語手冊》簡體版已經 6 次印刷，繁體版也已經 4 次印刷。因為這本書，我直接與間接結識了海內外很多朋友，這讓我心存感激。

　　這本書的初版得以多年沿用，是因為本書的編寫理念、術語內容以及體例形式都得到高度的認可，其滿意程度甚至超出了我們當初的預想。這次再版修改的內容主要集中在 "備考點睛" 部分，希望相關內容與 IBDP 中文 A 的新課程保持一致步調，為考生們提供方便。

　　需要說明的是，從 2019 年開始，IBDP 中文 A 課程開始啟用新的大綱，修改後的新課程密切了中文 A 文學和中文 A 語言與文學課程的聯繫，為文學和語言與文學兩個課程設置了一樣的教學目標、評估項目和評分標準。考生需完成的評估項目和名稱有所變化，詳情如下：

- 試卷一：附有引導題的文學分析（P1 —— Paper 1）
- 試卷二：比較論文（P2 —— Paper 2）
- 個人口試（IO —— Individual oral）
- 高級課程論文（HLE —— HL essay）（僅適用於高級課程考生）
- 專題研究論文（EE —— the extended essay）

再版後的《文學術語手冊》中，對以上的評估項目和名稱將一律採用英文縮寫。

我要特別強調的是，本書的再版得到了許多讀者的關注，並給予了積極的建議。讀者在來信中說，本書中的內容對老師們的教學有很大的幫助，解決了師生在閱讀欣賞小說、詩歌、散文中的問題，但是由於本書中沒有戲劇術語的部分，不能滿足戲劇教學的需求。讀者懇切希望我在再版書中加入戲劇術語部分。

我認真考慮了讀者的建議。重新查閱了 IBDP 試卷二 P2 戲劇類考題的內容，我發現，要想對相關考題作出恰當準確的回應，首先要理解 "戲劇" 一詞所包含的不同涵義。一般在我們中學語文課堂的教學中，"戲劇" 指的是戲劇的劇本，老師們是把戲劇當成了案頭文本、敘事性文學作品來教授的，戲劇這種文學文本和其他的文學文本，特別是小說文本的教學有相通之處，所以本書中的文學術語在戲劇的教學中是完全適用的。而在戲劇表演的課堂上，"戲劇"指的是一種舞台表演藝術，綜合了多種藝術形式，閱讀欣賞的相關術語超出了文學的範疇，也就超出了這本文學手冊的範圍了。

這些讀者來信令我深思。在我們日常的教學中教師和學生正在面對不斷湧現、越來越多的各種新型文本，多種多樣的藝術形式也成為必須學習的對象，如圖標、圖表、視頻、音頻、繪畫、攝影、影視、戲劇表演等等，學習者需要有欣賞和解讀這些不同文本的輔助工具，包括術語手冊等資料。其實，我也一直在思考編寫這樣一本手冊，並且已經著手進行了一部分。我覺得，把戲劇表演和其他一些藝術類術語放在一起更恰當，更有針對性，也有利於類似文本的學習。因此，這次不會將戲劇內容添加在這本文學術語手冊中，請讀者予以理解。但是，為了解決讀者在教學中的困難，我附上了一篇專文，談談在戲劇教學可以如何使用這本術語手冊，以解燃眉之急。

每次翻看本書，都會注目在書中的插畫上。我依然像當初一樣喜愛這些生動的小圖，這是我小女兒的傑作。

藉此機會我要感謝香港三聯書店的鄭海檳先生。能得到他的專業指導和大力推廣是這本術語手冊之大幸，也是作者我之大幸。

董寧

2023 年 7 月於香港